Venid solos, tal como lo hicieron vuestros padres;
si no, no os molestéis en venir.
NRR

EL CÍRCULO NEGRO

PATRICK CARMAN

DESTINO

DESTINO INFANTIL Y JUVENIL, 2011
infoinfantilyjuvenil@planeta.es
www.planetadelibrosinfantilyjuvenil.com
Editado por Editorial Planeta, S. A.

Título original: *The Black Circle*
© Scholastic Inc, 2009
© *The Black Circle*, Scholastic Inc. Todos los derechos reservados.
La serie THE 39 CLUES está publicada en acuerdo con Scholastic Inc., 557 Broadway,
Nueva York, NY 10012, EE. UU.
THE 39 CLUES y los logos que aparecen en ella son marca registrada de Scholastic Inc.

© de la traducción: Zintia Costas Domínguez, 2011
© Editorial Planeta S. A., 2011
Avda. Diagonal, 662-664, 08034 Barcelona
Primera edición: noviembre de 2011
ISBN: 978-84-08-10228-1
Depósito legal: M. 37.006-2011
Impreso por Huertas Industrias Gráficas, S. A.
Impreso en España   Printed in Spain

Para Rachel Griffiths,

experta en el universo Cahill.

Gracias por ayudarme a descubrir los tesoros de Rusia.

P. C.

CAPÍTULO 1

A Amy Cahill le gustaba ser la primera en levantarse por las mañanas, pero odiaba tener que hacerlo porque alguien estuviese gritando y aporreando la puerta de su habitación de hotel.

—¡Telegrama para el señor Cahill!

Los gritos iban acompañados por estruendosos golpes que llamaban a la puerta. Presa del pánico, Amy se levantó de un salto. Un pensamiento terrorífico se le pasó por la mente. «¡Madrigal!»

Los alaridos volvieron a oírse.

—¡Tiene un mensaje!

Amy, su hermano Dan y Nella, la niñera de ambos, habían huido a otro hotel de El Cairo la noche anterior, temerosos de que esa misteriosa secta tan desconocida para ellos pudiese atacarlos. «Es imposible que los Madrigal sepan dónde estamos, ¿o no?»

Dan rodó sobre el suave sofá dorado en el que dormía y acabó en el suelo, con un golpe sordo.

—¡No, Irina! ¡Catfish Hunter no! —gritó él. Amy suspiró. Una vez más, su hermano estaba inmerso en un sueño en el que su prima Irina Spasky despedazaba su amado cromo de béisbol con las uñas.

—Despierta, Dan. Estás soñando.

Amy nunca se había sentido tan cansada en la vida, y, por si eso fuera poco, su hermano estaba haciendo el idiota como siempre.

—¡Telegrama!

Volvieron a llamar a la puerta.

—¡Dan! Abre la puerta.

La muchacha metió la cabeza entre las almohadas y comenzó a gritar. Sabía que no conseguiría volver a dormirse. Echó un vistazo más allá de la cama y vio que Nella aún estaba en el mundo de los sueños.

—¡Ya voy! —respondió Amy—. ¡Un momento!

Cuando llegó a la puerta comenzó a dudar, paralizada por el terror que recorría su cuerpo. ¿Y si estaba a punto de abrirle la puerta a alguien peligroso?

«Vamos, Amy, controla tus miedos.»

La muchacha abrió finalmente la puerta y sus ojos se encontraron con un botones egipcio que esperaba en el pasillo. Era mucho más bajo que ella y llevaba un estupendo uniforme rojo con adornos dorados que le iba demasiado grande. Sujetaba un sobre sellado.

—Para usted, señorita. Lo han dejado en recepción.

Amy cogió el sobre y el botones se acercó un poco más a ella, observándola con impaciencia.

—Le traigo un mensaje de recepción —repitió el botones—, para usted, señorita.

Los pies del empleado empezaban a adentrarse en la habitación y eso alarmó a Amy.

—¿Tiene algo más para mí? —preguntó la joven.

—Alguien lo ha dejado para usted —volvió a decir él, con una alegre sonrisa.

—Dale esto —sugirió Dan—, a ver si así puedo volver a dormirme.

La voz de Dan no sonaba muy clara. Cuando Amy se volvió hacia él, pudo ver que estaba hablando con la boca apoyada en la moqueta del suelo. Al muchacho le daba demasiada pereza levantar la cabeza. Tenía un billete de cinco libras egipcias en la mano, el equivalente a un dólar.

Amy cerró la puerta. La curiosidad superaba sus ganas de volver a la cama. Las letras del sobre eran como las de las antiguas máquinas de escribir. A ésta en particular parecía que le faltara la A mayúscula y que tenía problemas con el subrayado, que aparecía aleatoriamente en algunas letras.

La joven abrió el sobre y se sentó en el sofá. Cuando acabó de leer el mensaje, tenía el rostro totalmente blanco. *Saladin* maulló hambriento con el pelaje encrespado y enterró sus uñas en la colcha dorada.

—Dan, será mejor que vengas a ver esto.

Dan ni se movió, así que su hermana le gritó:

—¡TELEGRAMA PARA DAN!

El muchacho levantó la cabeza, tratando de reunir fuerzas para despertarse, pero Amy pudo ver cómo su hermano aún luchaba por escapar de la tierra de los sueños. Se levantó lentamente y se desplomó en el sofá. Nella aún seguía acurrucada bajo las mantas en una de las dos camas de la habitación. El fino cable de sus cascos asomaba por debajo de una pila de almohadas que le cubrían la cabeza.

—Esta chica sería capaz de dormir aunque el edificio se estuviese desmoronando —opinó Dan.

—¡Dan! ¡Escucha! —dijo su hermana, que sujetaba el telegrama mientras leía en voz alta—. Aeropuerto Internacional de El Cairo, taquilla número 328. 56-12-19. NRR.

—Suena a trampa cutre de alguno de nuestros competidores. Pidamos algo al servicio de habitaciones e intentemos dormir otro rato.

—No creo —respondió ella, mostrando el mensaje a su hermano para que lo examinase. Lo que vio en el papel lo dejó sin aliento.

FECHA:

HORA:

CAIROMODERN
T E L E G R A P H

DISEÑO
PATENTE N.°
349384 - 0245
-5653 - 00345

TELEGRAM

Cairo Modern Telegraph transmite y entrega mensajes. Sujeto a términos y condiciones.

PARA: DAN CAHILL   DE:

Aeropuerto Internacional de El Cairo, taquilla número 328. 56-12-19. NRR.

Escondido en el abedul,
tres palmos por debajo,
un gran tesoro de chapas
dejó un niño en un fajo.

El perezoso Dan desapareció y dio entrada al alarmado Dan.

—Nadie sabe esto, ni siquiera Nella.

—Grace lo sabía —dijo Amy—. Tú, yo y Grace. La persona que nos envía esto debía de conocer a la abuela muy bien, si no Grace no le habría contado nada.

Dan aún estaba demasiado asombrado como para responder, pero Amy sabía en qué pensaba su hermano. El año anterior había llevado su preciada colección de chapas de botella a la mansión de su abuela. Había chapas de todo tipo, desde refrescos hasta cervezas, tanto antiguas como modernas. Guardaba las sesenta y tres chapas de su colección en una preciosa caja de puros de las de antes. Grace le había entregado una pala y le había dicho que podía enterrarla en la propiedad si quería. Él había decidido contarles a Amy y a su abuela dónde la había dejado y a qué profundidad, por si acaso se moría de forma inesperada, esquiando o tirándose en paracaídas. Como dijo entonces, toda protección es poca cuando se trata de una colección de chapas.

Dan observó a su hermana; los ojos verdes del joven brillaban reflejando esperanza.

—¿Crees que Grace nos está ayudando de nuevo?

Los dos hermanos mencionaban a su abuela como si ella aún estuviese viva, y por un momento, les pareció que así era. Su querida Grace había ofrecido a sus herederos la posibilidad de elegir: un millón de dólares o una de las 39 pistas que los conduciría a un inmenso poder. Amy aún no podía creer que las pistas los hubiesen llevado hasta allí en tan poco tiempo. Habían atravesado cuatro continentes y habían estado a punto de morir a manos de sus familiares en varias ocasiones. Si había alguna posibilidad de que Grace Cahill los estuviese ayudando, incluso después de muerta, Amy sabía que debían seguir el rastro.

—Vamos. Ya va siendo hora de que salgamos de aquí.

Diez minutos después, los dos hermanos atravesaban el ajetreado vestíbulo del hotel llevando consigo tan sólo una simple mochila. Dan había insistido en llevarse su adorado portátil y Amy había cogido el móvil de Nella, por si acaso.

—Le he dejado una nota a Nella diciéndole que íbamos a por rosquillas. Esperemos que esto no nos lleve toda la mañana. Ahora necesitaríamos encontrar la manera de llegar al aeropuerto —opinó Amy.

—No hay problema, yo me encargo de eso.

Dan abrió la mochila y sacó un fajo de billetes arrugados que después guardó en su bolsillo. La cantidad no era demasiada, unos cincuenta dólares americanos en libras egipcias.

—¡Genial! ¡Un taxi!

Dan separó unos cuantos billetes y esperó junto a la carretera con ellos en la mano.

—No estamos en Nueva York —susurró Amy—. No actúes como si no tuvieses ni idea.

Entonces, como por arte de magia, un taxi blanco y negro con una baca monstruosa se detuvo y se acercó a ellos. Un hombre egipcio salió de repente del vehículo y saludó con un gesto a los dos hermanos.

—¡Vengan! ¡Vengan! ¡Tengo un coche muy bonito preparado para ustedes!

Dan miró a Amy con cara de «te lo dije» y caminó hacia el coche. Inmediatamente, el conductor le abrió la puerta del coche y tomó la mochila de las manos de Dan, dirigiéndose hacia el maletero.

—No, gracias, amigo. Prefiero llevarla conmigo, si no te importa.

El conductor parecía no entender, así que Dan agarró su mochila, entregó un billete de diez libras al conductor y se apoltronó en el asiento trasero del coche, con pose de jefazo.

Amy, colorada de la vergüenza, tartamudeó tratando de disculparse. Tenía el presentimiento de que Dan estaba preparándose para una mañana dedicada a humillarla.

—Tenemos bastante prisa, ¿sabe? —añadió el muchacho, confirmando las sospechas de su hermana—. Al aeropuerto. ¡Paso ligero!

—Velocidad es mi segundo nombre. —El taxista soltó una carcajada, cerró la puerta de un golpe rozando el pie de Amy y echó a correr hacia el asiento delantero.

—¿Has visto eso, hermana? Todo va a salir bien. Este tipo es perfecto. ¡Tú acomódate y relaaa...!

El taxi salió disparado, se incorporó al tráfico y comenzó a esquivar los vehículos como en un parque de atracciones fuera de control. Dan no podía dejar de gritar y Amy rebotó justo encima de él, cayendo primero contra la puerta y después de nuevo sobre su hermano, mientras sorteaban peatones furiosos y autobuses que pitaban. Cuando llegaron a un tramo más lento, Amy percibió que un pequeño problema se aproximaba por detrás de ellos. Miró a su hermano preocupada y con los ojos como platos.

—Deja bastante que desear en cuanto a seguridad, ¿no te parece? Le diré que pise un poco más el freno.

—¡Ni se te ocurra! ¡Dile que pise el gas! ¡Más rápido!

Dan apartó sus ojos de la asustada cara de su hermana y

vio una moto amarilla brillante zigzagueando entre los coches justo detrás de ellos. Su conductor era un grandullón con una sudadera violeta.

—¡Hamilton Holt!

Era Hamilton Holt, del clan de los Holt, una familia de imbéciles que también andaba tras las 39 pistas. La última vez que Amy lo había visto, estaban en un túnel del metro de Tokio y Hamilton la había abandonado al darla por muerta.

—¡Písele fuerte! —gritó la muchacha, pero el conductor parecía no haberla oído. Dan sacó otro precioso billete de diez libras y lo lanzó al asiento delantero.

Eso pareció captar la atención del conductor. Aporreó el pedal con el pie como si fuese un martillo y el taxi cambió bruscamente la marcha. Durante los siguientes diez minutos, Dan lanzó más y más dinero en el asiento delantero hasta que, por fin, dejaron de ver a Hamilton. Cuando el taxi frenó violentamente en el aeropuerto de El Cairo, Dan se revisó los bolsillos y comprobó que estaban vacíos.

—Está bien —respondió el conductor, con una sonrisa de oreja a oreja—. ¡Ya habéis pagado suficiente!

—Bien hecho, bobo. Ahora estamos plantados en el aeropuerto y sin blanca. Nella va a adorarnos cuando se despierte y vea que le hemos robado el teléfono, que nos hemos gastado casi todo el dinero y que no tenemos cómo volver del aeropuerto. ¡Y ni siquiera tenemos rosquillas aún! Ya no puede ir a peor.

—Pues yo creo que sí —respondió Dan.

A Amy se le cayó el alma a los pies cuando vio una limusina negra parada detrás de ellos, con una puerta abierta.

Ian y Natalie Kabra, otro de los equipos en la búsqueda de las 39 pistas infinitamente más peligroso que los Holt, acababan de entrar en escena.

CAPÍTULO 2

En circunstancias normales, Dan Cahill habría preferido ir a la escuela en ropa interior antes que involucrarse en la vida sentimental de su hermana. Pero esa vez era diferente.

Ian Kabra salió de la limusina con una sonrisa enorme en la cara, tan seguro de sí mismo como siempre. Dan miró de reojo a su hermana. Ella observaba a Ian, y Dan pudo ver que le temblaban las manos. Aquel chico, o más bien aquel ogro, no sólo había mentido sobre lo que sentía por su hermana, sino que además había intentado atraparlos en una cueva y dejarlos allí para siempre.

Era hora de saldar cuentas.

—¡Tienes que tener la cara muy dura para presentarte delante de nosotros después de haber intentado matarnos! —gritó Dan.

—No exageres tanto. Tu hermanito tiene mucha imaginación —respondió Ian, acercándose a Amy—. Tú sabes que yo nunca te haría daño.

Dan sabía que cuando Amy tratase de hablar, sólo conseguiría tartamudear un poco. No iba a dejar que Ian Kabra se acerque lo más mínimo a su hermana.

—¡No pierdas los papeles, Amy! —susurró él.

—Estoy bien —respondió ella, pero los labios le temblaban ligeramente.

—¡Vuelve a entrar en tu monstruomóvil y déjanos en paz!

Ian le mostró una sonrisa de refilón y después caminó hacia el taxista.

—Buen trabajo, amigo mío con pies de plomo. Ha sido muy divertido perseguiros, aunque yo creo que no habría habido ninguna diferencia.

—¿Qué estás intentando decirme? —preguntó Dan, mientras observaba las puertas giratorias de entrada a la terminal.

—Mira que son caros vuestros jueguecillos... —opinó el taxista mientras intercambiaba el fajo de billetes que Ian le estaba entregando por un teléfono nuevo, recién comprado.

—El espionaje debía de ser complicadísimo antes de que existiesen los GPS, ¿no creéis? —preguntó Ian.

En ese momento, Natalie Kabra, su hermana, salió de la limusina negra como si se tratase de una modelo a punto de pasearse por una alfombra roja rodeada de periodistas.

—¿Habéis dormido con esos patéticos harapos a los que llamáis ropa?

Dan se miró de arriba abajo. Su sudadera estaba más arrugada de lo que pensaba. Ups... la verdad era que sí que había dormido con esa ropa.

—Las arrugas son la última moda. Pregúntale a Jonah Wizard. Él te lo confirmará.

—A ver, no compliquemos las cosas. Decidnos para qué estáis aquí —dijo Ian, acercándose a Dan y a Amy. Los ojos de la joven estaban clavados en la cara de Ian, como cuando un ratón se cruza con una cobra.

Al taxista le hizo gracia la escena. Entró en el coche riéndose y encendió el motor. Una nube de humo negro salió del tubo de escape cuando el vehículo cogió velocidad, cubriendo a Natalie con una fina capa de hollín. Ella gritó y se encogió tratando de proteger su pelo. Era justo lo que Dan necesitaba.

—¡Vamos, Amy! —gritó. Agarró la mano de su hermana y echó a correr hacia las puertas giratorias, pero Ian fue rápido y sujetó la otra mano de Amy. Dan tiraba de un lado e Ian del otro. El jaleo empezó a llamar la atención de los viandantes.

—¡Suelta a mi hermana! —gritó Dan.

—¡Pues yo creo que le gusta que le dé la mano! —respondió Ian—. ¿Verdad, Amy?

Amy no abrió la boca. Dio un paso hacia atrás y le propinó una patada a Ian en la canilla. Nunca había golpeado a nadie con tanta fuerza. Se oyó crujir el hueso del joven Kabra, que había perdido el equilibrio y saltaba a la pata coja sujetando su pierna. Dan y Amy aprovecharon la ocasión para correr hacia la puerta giratoria.

—¡Un golpe directo! —exclamó Dan.

—¡Que os vaya bien, idiotas! —gritó Amy, mirando hacia atrás.

—¡Atrapadlos! —ordenó Ian, cojeando hacia la entrada de la terminal junto a Natalie y su conductor, un tipo que parecía capaz de partir el cemento con la frente.

Una vez dentro, Dan y Amy se dirigieron a toda velocidad hacia una multitud de personas y maletas con ruedas, pero los Kabra se mantuvieron a poca distancia.

—¡Por aquí! —sugirió Amy, agarrando a su hermano por el codo y arrastrándolo a una tienda de revistas y caramelos que estaba llena de turistas. Poco después, salieron por el otro lado de la tienda y se colaron en una que había al lado. Escondidos entre los extranjeros, Dan estaba seguro de que habían perdido a los Kabra, pero cuando echó un ligero vistazo detrás de una esquina, vio a Ian cojeando hacia él, con la mirada clavada en su teléfono.

—Parece que alguien está jugando sucio...

Dan se sacó la mochila y comenzó a abrir los diferentes compartimentos. Escondido en uno de los bolsillos había otro teléfono móvil, con el GPS mostrando su posición.

—¡Traicionados por segunda vez! —exclamó Dan—. Seguro que fue el conductor del taxi, cuando me cogió la mochila en el hotel.

Amy echó otro vistazo. Los Kabra estaban ya muy cerca.

—Dámelo —dijo ella, cogiéndole el teléfono a su hermano—. Sé muy bien qué hacer con el preciado aparato de Ian.

Amy se incorporó al río de personas que pasaban por delante de ella y Dan la siguió. Atravesó rápidamente el pasillo y dejó caer el teléfono en el carrito de un bebé que pasó a su lado. Después, se metió en una librería y abrió el primer libro que encontró. El carrito lo empujaba una madre que, claramente, llegaba tarde a su vuelo, y que se movía velozmente entre la gente, en dirección a su puerta de embarque.

Los Kabra estaban tan concentrados observando la pantalla del teléfono que no se dieron cuenta de que estaban pasando justo por delante de Amy y de Dan, y empezaron a correr persiguiendo a la madre y a su carrito.

—¡Buena jugada! —exclamó Dan—. Espero que ese bebé llene de babas la adorada y costosa tecnología de Ian antes de que lo encuentren.

Amy lucía una sonrisa triunfante. Obviamente, burlar a los Kabra, y especialmente a Ian, había llenado su espíritu Cahill.

—Encontremos esa taquilla —sugirió ella.

El armario no era demasiado grande, era cuadrado y cada lado debía de medir unos treinta centímetros: aun así, estaba bastante lleno. Encontraron en su interior tres objetos, que Amy fue sacando uno a uno.

—Esto parece un pisapapeles, ¿no crees? —preguntó ella, sujetando una bola de cristal del color de la miel en la palma de la mano.

—Déjame ver —dijo Dan, estirando el brazo para recogerla.

—¡Ni de broma! Conociéndote, seguro que acaba esparcida por el suelo en miles de pedacitos. Voy a examinarla bien antes.

Su hermano no protestó. Ya se había imaginado cómo sería hacer rodar una canica de ese tamaño por el pasillo del aeropuerto.

—Intenta sujetarla a contraluz un poco más —sugirió Dan.

Amy levantó la bola y entrecerró los ojos tratando de ver en su interior.

—Parece una habitación, y en ella hay una madre sentada en una silla.

—¿Cómo sabes que es una madre? —preguntó su hermano.

—Porque tiene un bebé en brazos, tonto.

Amy miró más de cerca.

—Hay tres letras escritas en una de las paredes: TSV y... ¡ah! Creo que eso es un ojo que me observa a mí desde otra pared.

—Qué siniestro...

Amy entregó a su hermano el pisapapeles de cristal y le pidió que, con mucho cuidado, lo guardase en la mochila para examinarlo con tranquilidad más adelante. El muchacho odiaba que ella lo tratase como si tuviese tres años. Entonces volvió la tentación de lanzar la bola color de miel por el pasillo del aeropuerto, pero en lugar de hacer eso, levantó el pisapapeles para observarlo él mismo.

—¿No has visto la llave? —interrogó él.

—¿Qué llave? ¿De qué estás hablando?

—En la parte de abajo —respondió Dan, dándole la vuelta a la bola. Bajo el suelo de la habitación había una pequeña llave escondida en el cristal—. Cuando sea el momento, yo me encargaré de sacarla de ahí.

—El pisapapeles estaba sujetando algo —añadió Amy, levantando un fino pergamino del tamaño de su mano, más o menos. Estaba lleno de letras y números pomposos escritos a mano.

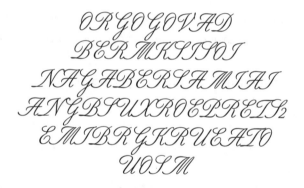

—Parece que alguien ha pasado un buen rato escribiendo palabras sin sentido —opinó Dan. Sin embargo, la forma en la que se habían agrupado las letras le parecía extrañamente familiar al muchacho, aunque, no sabía muy bien por qué. El hecho de que le estuvieran sonando las tripas tampoco ayudaba.

—¿Hay algo de comer en esa taquilla? Tengo que comer algo. Mi cerebro... quiere... caramelos.

Amy ignoró a su hermano y volvió a meter la mano en el diminuto armario. Al fondo de todo, encontró una cajita cuadrada de unos veinticinco centímetros.

—Ojalá esté llena de galletas —deseó Dan, arrancando la caja de las manos de Amy.

—¡Eh! Ten cuidado con eso.

Dan la miró con ganas de darle una colleja, pero su hermana se apresuró a tranquilizarlo:

—Lo siento. Es que estoy muy nerviosa. Ábrela.

Dan levantó la tapa, rebuscó entre el contenido y estalló en una carcajada.

—¡Mira qué pinta! ¡Soy un *beatnik* de San Francisco de diecinueve años!

Dan cogió el primero de los dos pasaportes, falsificado a la perfección con el nombre del muchacho. En la foto salía él mismo con barbas de chivo, bigote y unas gafas al estilo John Lennon.

—Déjame ver el otro —pidió Amy. Dan abrió el segundo pasaporte y casi se muere de la risa al verlo.

—En serio, tienes que dejar de ir a esa peluquería. —Amy le arrancó el pasaporte de las manos. En la foto, ella llevaba una peluca negra de media melena y unas gafas con una montura roja.

—¡Tengo veinte años!

Dan ya había sacado cada uno de los elementos de su disfraz y había empezado a ponérselos. Al mismo tiempo, le colocó la peluca y las gafas a Amy.

En el fondo de la caja, bajo la peluca, Amy descubrió un librito no demasiado grueso. Dan sabía que aquello iba a ser amor a primera vista.

—¡Una guía de viaje de Rusia! Y está bastante usada, parece que alguien ya la ha utilizado para un largo viaje —exclamó ella.

—Para mí es más bien Pesadolandia.

—¿Y si es otra de las guías que usó Grace?

Dan sabía que no debía ilusionarse demasiado.

—Sigue siendo Pesadolandia.

Sin embargo, Amy se enamoró al instante. Era su tipo de libro favorito: gastado, así no tenía que preocuparse de cuidarlo demasiado. Además tenía su propia historia, porque había pertenecido a quién sabía cuántas personas antes que a ella. Cuando lo abrió, se encontró con dos billetes colocados entre las páginas de una cierta ciudad.

—Son dos billetes de avión para Volgogrado, en Rusia, y tienen nuestros nombres —anunció la joven, mirando su reloj—. Salimos en una hora. ¿Quién pensará que somos tan estúpidos como para subirnos a un avión que va a Rusia?

—¡Mira esto! —exclamó Dan. Había una cosa más en el fondo de la caja, algo que a Dan le pareció lo mejor de todo.

Mostró a su hermana su nueva y brillante tarjeta de crédito con su nombre escrito en ella.

—¡Paz, amor y una tarjeta de crédito! ¡Sí, de crédito! ¡Vamos a comprar rosquillas! ¡Vamos a comprar videojuegos! ¡Vamos a comprar ordenadores!

—¡Tranquilízate, Dan! Me estás asustando.

Amy se colocó bien la peluca y escondió su pelo castaño rojizo debajo. Con las gafas rojas puestas, estaba totalmente irreconocible.

—Estás rara —opinó su hermano.

—Pues anda que tú... —rió Amy—. Nunca has tenido más pinta de idiota...

—Gracias.

Dan tenía el pergamino en la mano. Cuando vio lo que había en el otro lado, el corazón le dio un vuelco. Levantó la mirada, ahora bien despierto.

—Amy...

—¿Dan? ¿Qué pasa?

Amy quiso ver el pergamino, pero Dan lo cerró instintiva-mente. Se trataba de un tesoro que no iba a perder de ninguna manera. Miró fijamente a su hermana.

—Tenemos que coger ese vuelo.

CAPÍTULO 3

Cuando Amy Cahill soñaba con viajar por el mundo, nunca se había imaginado a sí misma sentada al lado de un John Lennon diminuto.

—No creo que vayamos a encontrar rosquillas en Rusia —susurró ella, mirando fijamente las absurdas gafas redondas de su hermano.

—¡No te preocupes! ¡Lo tengo todo bajo control! —respondió él, con los ojos clavados en un pozo sin fondo de comida: la mochila llena de piruletas y bolsas de patatas fritas que Dan había pagado con su nueva mejor amiga, la tarjeta de crédito. Dan abrió una de las bolsas y se incorporó en su asiento.

Amy estaba más concentrada en lo que deberían estar haciendo que en llenarse la boca de comida basura. Finalmente, había conseguido convencer a Dan de que le dejase sujetar el pergamino con la excusa de que él podría ensuciarlo con la grasa de sus patatas. Sin embargo, lo único que conseguía leyéndolo una y otra vez era preocuparse cada vez más. El telegrama que habían recibido aquella mañana era de alguien que se hacía llamar NRR, lo que para ella no quería decir nada, y para su hermano tampoco.

Para empeorar las cosas, el teléfono de Nella se había quedado sin batería y ahora no había manera de ponerse en contacto con ella.

—¿Crees que podemos fiarnos de NRR? Tú ya me entiendes... Es que estamos solos en esto. Nella no podrá protegernos esta vez. ¿Y si todo fuera una trampa?

—Yo sólo sé que cuatro horas en el avión con este bigote van a matarme. Pica como si tuviese la sarna.

—¿No puedes dejar de hacer el tonto por un momento? Dan, estamos en un avión que nos lleva a Rusia, ¡a Rusia! ¿Sabes qué quiere decir eso? Y no tenemos ni a Nella ni a *Saladin*.

Amy sabía cuánto quería su hermano al gato y lo mucho que le costaba separarse de él. ¿Y qué harían sin Nella? Ella no era su madre ni nada parecido, pero dada la loca situación en la que se encontraban, la niñera era un gran apoyo para los dos.

—Déjame ver eso otra vez —dijo Dan, quitándole la nota a su hermana.

Sujetó el pergamino y observó las letras entremezcladas; después, se lo devolvió delicadamente a Amy. La muchacha sabía que la foto de la parte de atrás era lo que más intrigaba a su hermano. Se fijó en cómo la observaba; su atención se centraba en la imagen en blanco y negro de una joven pareja de enamorados, que se encontraba frente a la embajada de Estados Unidos en Rusia.

—Seguro que son ellos, ¿verdad? —preguntó Dan.

—Probablemente.

Dan había perdido en el metro de París la única foto que tenía de sus padres y Amy sabía perfectamente lo importante que era para él tener una nueva. Pero también era consciente de adónde habían ido parar por culpa de ella.

«Mamá y papá, ¿qué estabais haciendo en Rusia?»

Amy tenía sus dudas.

—Es increíble verlos así, tan jóvenes y felices. A ver, es el cebo perfecto, ¿no crees? Sería horrible que alguien estuviese utilizando esta fotografía para manipularnos.

—Entiendo lo que quieres decir —respondió Dan, pasando el dedo por la superficie de la fotografía. Tocó la cara de su madre y observó los ojos de un padre al que apenas recordaba—, pero si hay posibilidades de descubrir algo más...

Amy entendía cómo se sentía Dan, ya que ella se sentía igual.

Había un mensaje escrito a mano bajo la imagen y Dan lo leyó en voz alta por enésima vez, tratando de entender el sentido:

Empieza la cuenta atrás. Encontradme en treinta y seis horas o la puerta de la cámara se cerrará para siempre. Venid solos, tal como lo hicieron vuestros padres, si no, no os molestéis en venir. No os fiéis de nadie. NRR.

Dan dio la vuelta al pergamino para volver a leer las letras entremezcladas. Las miró todo el tiempo durante el despegue, mientras daba cuenta de su segunda bolsa de patatas fritas. Hasta que el muchacho terminó de beber el refresco que había comprado en el carrito de las bebidas, Amy no se dio cuenta de que las cosas empezaban a encajar.

—¿Adónde dices que estamos yendo? ¿Volvo... qué?

—Volgogrado —respondió Amy.

—Bien. Dame el sobre que el botones te entregó esta mañana. Tengo una idea.

Amy lo estaba usando como marcapáginas. Lo sacó del libro y se lo entregó a su hermano, llena de curiosidad por saber qué estaría tramando.

—Esto nos vale —anunció Dan, arrancando una página de una revista aérea y sacando un bolígrafo. Entonces escribió una de las combinaciones de palabras.

ORGOL̲GOVAD

—Ahí estaba el problema, faltaban letras. Por eso estaba tan confundido. Son las del sobre, ¿ves? Ésta es Volgogrado.

Dan usó la L subrayada del sobre y descifró el primer anagrama. Amy buscó una lista de ciudades rusas en su guía de viaje y en cinco minutos ya tenían todos los demás:

ORGOL̲GOVAD	Volgogrado
UCOSM	Moscú
EMIBIRGKRUEATO	Ekaterimburgo
ANGBSUXROEPRETSZ	San Petersburgo x2
DNAGABERSAMIAI	Magadán, Siberia
BAERMKSISOI	Omsk, Siberia

—Ekaterimburgo —dijo Dan—, en ese lugar seguro que nadie se equivoca con los trabalenguas, a ver si tenemos suerte y se nos pega el don.

Amy no se molestó en responderle. Acababa de darse cuenta de algo más.

—Nos sobran una x y un 2 en el anagrama de San Petersburgo —anunció la muchacha—, seguro que eso quiere decir «por dos», o sea que en esa ciudad encontraremos dos cosas distintas.

Dan asintió.

—Ahora sólo hay que descubrir qué se supone que hemos de hacer en estos sitios.

—Si estamos yendo hacia Volgogrado, será porque es ahí donde comienza nuestra búsqueda. También es lo que se ve en este pisapapeles —respondió Amy.

—¿Cómo lo sabes? —preguntó el joven.

La muchacha sujetó la pesada bola de cristal de manera que su hermano pudiese verla mejor.

—Las letras de esta pared, TSV, se refieren a Tsaritsyn, Stalingrado y Volgogrado. De acuerdo con el libro, la ciudad cambió de nombre dos veces.

—Será que los rusos no podían escoger cuál preferían —opinó Dan.

Amy ignoró el comentario de su hermano y se acercó a él.

—Creo que ya sé adónde tenemos que ir cuando aterricemos.

—¿Por qué me ocultas cosas? —dijo Dan, limpiándose la sal de los dedos en la barba de chivo.

Amy dio un golpecito en la portada del libro que habían encontrado en la taquilla.

—Estos objetos están llenos de respuestas. Sólo tienes que abrir uno de vez en cuando.

Cuando Dan vio Rusia por primera vez, se atragantó con un caramelo, tosió hasta que se libró de él y lo escupió en el pasillo del aeropuerto.

—¡Eh! En serio, a este paso nunca tendrás novia —dijo Amy.

—¡Como si quisiera una!

Dan se planteó atacar a su hermana por la retaguardia, pero entonces los sentidos le fallaron. Las señales y carteles desviaron su atención. Cada uno era una colección de extrañas y arremolinadas letras, imposibles de leer. En el aire había olores y sabores que esperaban a ser probados. Los autobuses rojos y amarillos subían y bajaban por las calles y por todas partes se oía el sonido de una nueva y exótica lengua.

Miraron a un lado y a otro en el exterior de la terminal del aeropuerto de Volgogrado, observando las filas entremezcladas de polvorientos taxis. Ninguno de los dos hermanos estaba seguro de si podrían fiarse de los taxistas, sobre todo después de lo sucedido en El Cairo con el GPS.

—¿Qué me dices de ese de ahí? —preguntó Dan con la boca llena de chocolate. Era la tercera chocolatina que se comía en pocas horas y su voz comenzaba a sonar algo nerviosa.

—Disimula, que como se dé cuenta de que lo estás mirando luego ya no nos dejará en paz —sugirió Amy.

Pero ya era demasiado tarde. El conductor ya había pisado el acelerador y atravesado cuatro carriles a toda velocidad para llegar hasta ellos. Dan se había fijado en un ruso barbudo que conducía una furgoneta Volkswagen, un coche pacífico de los años sesenta que combinaría muy bien con su estilo *beatnik*.

—No hay problema, yo hablo el idioma de este tipo.

—¿Llevar ese bigote te hace más tonto o qué? —preguntó la joven.

El conductor de la furgoneta dio un volantazo para atravesar la calle y derrapó deteniéndose justo delante de Dan y de Amy.

—Nos gustaría alquilar un vehículo —dijo Dan—. ¿Podría usted ayudarnos?

«¿Qué? ¿Alquilar un coche? ¿Y quién va a conducirlo?», pensó la muchacha.

—¿Así que queréis vuestro propio coche? Conozco a alguien. El mejor y más barato de Volgogrado.

Dan nunca había conducido un coche, pero se le daban bastante bien las motos todoterreno. Mostró su tarjeta de crédito y después volvió a deslizarla en el bolsillo.

—¿Podrías conseguirnos una moto? Preferimos el aire libre.

El ruso barbudo guiñó un ojo y, en menos de una hora, Dan salía de un callejón sobre una moto y Amy iba sentada en un sidecar a su lado. Se trataba de una motocicleta antigua del ejército ruso; era de color verde militar y auguraba un buen comienzo.

—¿Estás seguro de que puedes controlar esto? —preguntó Amy, agarrando con fuerza su guía de viaje.

—¡Sujétate fuerte! Creo que vamos a encontrar muchos baches —anunció el muchacho. Un camión que iba a toda velocidad se cruzó por delante de ellos, entonces Dan giró el manillar con decisión y salió disparado tras él.

—¡Frena, frena! ¿Estás loco o qué? —protestó Amy, pero Dan se lo estaba pasando mejor que nunca. Le costó bastante cambiar la marcha. Se encendió una luz roja en el monitor, los otros coches empezaron a pitar y los peatones los fulminaron con la mirada al verlos girar tan bruscamente por las calles. Finalmente, consiguió meter la segunda marcha y se dirigió hacia el flujo de tráfico, pero de repente la moto empezó a derrapar y Dan casi pierde el control al no poder sujetar el manillar.

—D-D-D-D-Da... —tartamudeó su hermana, señalando al montón de coches enfurecidos que se les venía encima. Dan metió tercera, enderezó la moto y entró en su carril.

—¡Ya le estoy cogiendo el truco! —gritó él, adentrándose en el tráfico con una sonrisa del tamaño de un camión. Amy se sacó la peluca y las gafas y las guardó en la mochila.

—¡Yo creo que más bien vas a acabar matándonos!

—No te preocupes lo más mínimo, lo tengo todo bajo control.

Amy se puso un casco destartalado que había encontrado en el sidecar, cogió la guía y la abrió por la última página, donde el ruso barbudo había garabateado las indicaciones.

—¡Tenemos que coger la tercera a la izquierda! —gritó la muchacha, levantando la mirada para buscar la calle. Todas las señales estaban escritas en ruso y estaban a punto de saltarse la salida que necesitaban—. ¡Es esta de aquí! —chilló a continuación, agarrándose con fuerza al sidecar mientras Dan pisaba a fondo el acelerador y giraba bruscamente hacia la izquierda.

—¡Esto es increíble! —exclamó el joven, dejando una marca negra de goma quemada tras de sí—. ¡Chúpate esa, Hamilton Holt!

Pasaron veinte minutos con los pelos de punta hasta que, por fin, estacionaron la moto en un aparcamiento del tamaño de un campo de fútbol.

Dan se sacó el casco, el bigote y la barba de chivo y levantó la mirada por encima de la pradera que se elevaba frente a él. Allí al fondo se erigía la estatua de una mujer que sujetaba una espada por encima de la cabeza y que se alzaba sobre el nublado horizonte como un rascacielos. La habían visto en la distancia mientras avanzaban a toda pastilla por las calles de la ciudad, pero vista así de cerca era realmente impresionante.

—La Madre Patria —explicó Amy—. Es el doble de alta que la Estatua de la Libertad. ¿Sabes qué conmemora?

—No tengo ni idea, pero estoy seguro de que me lo vas a decir tú.

—La batalla de Stalingrado en la segunda guerra mundial, y no hace ninguna gracia; casi un millón de personas murieron aquí.

Allí habían muerto padres que dejaron a sus hijos llorando su muerte al cuidado de otros. Dan sabía lo horrible que era aquello. Todas las preguntas sin respuestas, toda la frustración, la terrible sensación de haber perdido tu lugar en el mundo... Amy agarró con su mano el collar de jade, el que había pertenecido a Grace, y frotó el colgante.

—Será mejor que nos pongamos en marcha; nunca se sabe quién puede estar siguiéndonos —sugirió Dan, tomando el camino hacia la Madre Patria.

Había gente por todas partes: familias, parejas de ancianos con bastones, turistas en abundancia y guardias uniformados.

—Ojalá no nos encontremos con nadie aquí —deseó Amy—. Este lugar está lleno de turistas y policías. Estate tranquilo y relajado, ¿de acuerdo, Dan? Es mejor estar seguros que tener que arrepentirnos.

Dan asintió y sugirió que se separasen para cubrir un mayor territorio. Amy imaginaba que la madre sentada en la silla del pequeño pisapapeles de cristal era una referencia a la enorme estatua. Una de las paredes de la diminuta habitación mostraba un ojo, y ahí era donde el asunto empezaba a dar miedo. Si Amy estaba en lo cierto de que se trataba de una referencia a uno de los ojos de la Madre Patria, podría querer decir que iban a tener que trepar a lo alto de la estatua, que era tan alta como una montaña.

Dan levantó la vista, más... y más... y aún más. «¿Cómo vamos a llegar ahí arriba? ¿Y qué nos vamos a encontrar allí?»

CAPÍTULO 4

Hamilton Holt fue el primero en pisar el asfalto, seguido de sus dos hermanas, que salieron en estampida como si estuvieran en el momento más álgido de una pelea de lucha libre. Los Holt habían seguido a Dan y a Amy durante todo el camino desde El Cairo en busca de pistas. Una vez en Rusia, decidieron hacer un puente a una furgoneta de los setenta típica de la Europa del Este para usarla como medio de transporte. Cuando aterrizaron en el aeropuerto de Volgogrado andaban perdidos, pero su aspecto americano jugó a su favor. El mismo ruso que había estado con Amy y Dan olió el dinero y decidió ir a por él. Cualquier tonto hubiera podido atar los cabos. Diez minutos más tarde, el ruso era cien dólares más rico y los Holt sabían exactamente adónde dirigirse.

Observando la Madre Patria, Hamilton entendió que por fin parecía haber llegado a un lugar extranjero que, posiblemente, supiese apreciar su fuerza y tamaño.

—¡Pelotón: reunión! —gritó Eisenhower Holt, el líder de aquel grupo de neandertales en chándal.

—Hamilton, ¡al frente, ar!

Hamilton, el más grande y musculoso de los tres hermanos

Holt, se colocó a cinco centímetros de la cara de su padre y gritó:

—¡Señor, sí, señor!

—Hijo, te huele el aliento a barrita de proteínas y vuelves a escupir cuando hablas. ¡Aprende a controlarlo!

Hamilton parecía decaído, era muy difícil gritar palabras con tantas eses sin duchar a alguien.

—¡No volverá a suceder, señor!

Eisenhower asintió severamente.

—Irás en cabeza. Ésta es nuestra tarea más importante. Descubrir qué traman esos memos y hacernos con la información. Arrástralos a la furgoneta si es necesario. ¿Tienes el transmisor?

Hamilton sacó el instrumento de su bolsillo, presionó el botón de llamada y le gritó:

—¡Señor, sí, señor!

Eisenhower respondió en su propio aparato:

—¡A por ellos, muchacho!

Hamilton, orgulloso de ser el centro de atención, dio media vuelta y comenzó a caminar hacia la estatua. Volvió a mirar a su familia. Sus dos hermanas, Reagan y Madison, ya estaban colocando un GPS bajo el sidecar de la moto de Dan. Protestaron un poco porque tenían hambre y después Madison le dio un puñetazo a Reagan en el hombro, lo que pareció sentarle bien. Mary-Todd, la madre, tenía turno de vigilancia en la furgoneta, para controlar los movimientos de los otros equipos.

—¡Hora de comer! —bramó Eisenhower. Lo último que Hamilton oyó decir a su padre era algo sobre ir a espiar un carrito de comida lleno de empanadillas de carne rusas.

Hamilton no tardó en ver a Amy merodeando por delante de la Madre Patria. Estaba pasando la mano por encima de la piedra, observando cuidadosamente cada juntura y esquina.

«¿Qué estará haciendo esa idiota esquelética y dónde estará el cretino enano que tiene por hermano?»

Se volvió y entonces vio a Dan, que se acercaba por el otro lado de la estatua. Uno estaba diez metros a su izquierda y el otro tres a su derecha, así que no sabía a por cuál debía ir. La posibilidad de desilusionar a su padre, otra vez, le hacía sudar la gota fría.

—¡Eh, Hamilton! —gritó Dan—. ¿Me has visto conducir aquella moto? Mejor que aquel burro que conducías tú en El Cairo, ¿no crees?

—¡No era más que un ciclomotor, memo! ¿A que no te atreves a decirme eso a la cara?

Entonces, mientras Hamilton los observaba, Dan le hizo un gesto a su hermana girando la mano como si necesitase una llave.

«¿Acaso se creen que soy estúpido?»

—¡Parece que alguien tiene una llave! —gritó Hamilton, mirando esta vez a Amy. Entonces su transmisor se encendió:

—¡Ponte las pilas! —gritó Eisenhower—. ¡Tenemos compañía!

Hamilton, Amy y Dan se volvieron hacia el aparcamiento simultáneamente. Ian y Natalie Kabra llegaban en una enorme limusina blanca, como si no les importase llamar la atención. Eisenhower Holt comenzó a lanzarles empanadillas de carne de una enorme bolsa que tenía en las manos, dando un bocado a cada una de ellas antes de tirarla. Desde la distancia, parecía que Eisenhower les quitaba el seguro a unas granadas de mano y las lanzaba a un búnker.

—Tu padre es un peligro público; ya lo sabes, ¿no? —preguntó Dan, alejándose cautelosamente unos tres metros de

Hamilton y haciendo señas a su hermana para que le pasase el pisapapeles de cristal. Amy rebuscó en el interior de la mochila, pero Hamilton dio cuatro pasos enormes y se plantó delante de ella.

—¿Qué tienes ahí? ¡Vamos, dámelo! —exigió el abusón, acorralando a Amy. Estaba a punto de sacarle la mochila de las manos cuando Amy dijo algo que lo confundió:

—Los Kabra nos están pisando los talones. —Hamilton pudo ver que la joven estaba tratando de controlar su voz desesperadamente—. ¿Cuántas pistas tenéis?

Hamilton se quedó de piedra.

—¡Muchísimas! Muchas más que vosotros dos, idiotas, estoy seguro.

—Nosotros tenemos diez. ¿Vosotros también tenéis diez pistas? —respondió Dan, mirando a Hamilton directamente a los ojos. Su hermana movía los pies nerviosa y observaba a los dos muchachos con cautela. Grace había enseñado a Dan a inventar faroles como si fuera un jugador de póquer de Las Vegas y Hamilton no sabía qué pensar.

—¿Tenéis diez? ¡Es imposible que tengáis tantas!

«¡Papá perderá los estribos cuando sepa que vamos tan atrasados!», pensó el joven Holt.

Los policías comenzaban a acumularse en la zona. Trataban de asegurarse de que los actos vandálicos del aparcamiento no trascendían al propio parque.

—Podrías ser un héroe, Hamilton —opinó Amy—. Lo que tú quieres es volver con algo de información útil, ¿verdad?

Amy había dado justo en el clavo. Complacer a su padre era lo que más quería en este mundo.

—¿Qué sugerís, exactamente? —preguntó, agachando la cabeza para mirarlos a la cara.

Esperó su respuesta con paciencia, mientras los dos hermanos Cahill intercambiaban miradas como si pudiesen leerse las mentes.

Finalmente, Dan asintió.

—Pongámonos las pilas antes de que sea demasiado tarde —dijo él—. ¡Por aquí!

Dan guió a los otros dos alrededor de la Madre Patria. La base de la estatua era tan grande como la de un rascacielos y, durante todo el camino, Hamilton tuvo que contener la tentación de darles una paliza y sacarles la mochila.

«¡Tranquilízate! ¡A ver qué quieren de ti! Si ves que te la intentan jugar, ¡entonces atacas!»

—Tienes un transmisor para hablar con tu padre, ¿verdad? —preguntó Amy—. Dile que ya te falta poco para descubrir a qué hemos venido y que necesitas que mantenga a los Kabra lejos de la Madre Patria.

Hamilton miró a Amy de arriba abajo, después presionó el botón y gritó en el micrófono:

—¡Holt al habla! La misión va camino del éxito. ¡Necesitamos la zona despejada!

—¡Entendido!

Hamilton volvió a dirigirse a Amy y a Dan.

—Ahora entregadme los objetos.

Dan, vacilante, señaló una de las piedras de la Madre Patria.

—Antes de que vinieses a complicar las cosas, ya había dado en el blanco —explicó Dan.

Hamilton echó un vistazo más de cerca y vio las letras TSV grabadas en la piedra sobre una pequeña cerradura. Amy también lo vio, así que sacó el pisapapeles y lo golpeó contra el camino de piedra.

—¡Eh! ¡Ése era mi trabajo!

—¡La tengo! —exclamó la muchacha. La llave estaba libre de su prisión circular, y, ante los incrédulos ojos de Hamilton, la joven la insertó en el panel de piedra. Dan empujó con fuerza contra la puerta secreta, pero ésta no se movió.

—Sal de en medio, renacuajo —dijo el joven Holt, moviéndolo a un lado y arrojándose contra la suave piedra. El panel se abrió sin dificultad y los tres muchachos entraron rápidamente.

—Cierra la puerta al entrar, grandullón, que hay mucho que hacer aquí —ordenó Dan.

Hamilton sintió ganas de golpear a Dan y dejarlo en el suelo, pero sabía que el enano podía lastimarse fácilmente y eso complicaría las cosas.

—Más vale que esto valga la pena —respondió Hamilton.

—No te preocupes —añadió Dan—. Ya verás como sí.

Con la entrada secreta bien cerrada, Dan consiguió respirar aliviado y estudiar el espacio que los rodeaba. El interior de la Madre Patria era magnífico: una única estancia abierta hasta la parte superior, con una red de vigas y sistemas de soporte que la cruzaban de un lado a otro y de arriba abajo. La luz se colaba entre las minúsculas grietas que había a cada lado de la estructura. Dan sintió que acababa de entrar en el oscuro reino de una araña gigantesca.

—¿Dónde está Gandalf cuando más lo necesitas? —preguntó Dan.

—Eres un niño muy raro, ¿sabes? —opinó Hamilton.

Amy frunció el ceño observándolos.

—Tenemos que subir hasta la parte más alta, a la altura de los ojos —les informó.

—¡Vamos allá! —exclamó Hamilton, observando las vigas para decidir por dónde empezar—. Esto va a ser pan comido.

Dan ya había comenzado a trepar por una escalera de pared que subía hasta la segunda planta de la Madre Patria, pero a Hamilton se le había ocurrido algo diferente. Él fue directo hacia una enorme viga de acero totalmente vertical que se encontraba en el centro de la estatua y que tenía unos remaches inmensos a ambos lados.

—¡Nos vemos arriba, perdedores!

Cuando Amy y Dan alcanzaron el último peldaño de la escalera, Hamilton ya iba muy por delante de ellos, perdido en la distancia. Escalaba la viga con una gran agilidad, como un leñador que trepa por una secuoya.

—¡Tenemos que llegar allí antes que él! —gritó Amy—. ¡Vamos!

En lo alto de la escalera, Dan se dio cuenta de algo interesante: las entrecruzadas vigas también se habían diseñado como estrechas pasarelas: eran planas, tenían treinta centímetros de ancho y por encima de ellas había un cable al que agarrarse para mantener el equilibrio, ya que no había pasamanos.

—Seguro que se enganchan al cable para sujetarse cuando trabajan aquí arriba —dijo Dan—. ¡Vamos! ¡Podemos hacerlo!

—Un mosquetón no nos habría venido mal —respondió Amy. La vista que había encima de ella le recordaba a los puentes de cuerda que salen en las películas antiguas, esas en las que la gente se cae por acantilados sin fin.

Dan agarró el cable y comenzó a caminar, primero despacito y luego cada vez más rápido, según iba cogiendo confianza. Cuando llegó al otro lado de la estatua, estaba siete metros por encima de su hermana, al otro lado de la pasarela. Amy no se había movido de su sitio y Hamilton aún estaba quince metros más arriba, subiendo por el centro de la estatua.

—¡Vamos, Amy! ¡Sabes que puedes hacerlo!

La muchacha respiró hondo y comenzó a caminar por la viga. Perdió el equilibrio y se tambaleó, así que se detuvo y se agarró al cable con más fuerza.

—¡Sigue tú, Dan! Yo iré detrás de ti, ¡pero asegúrate de llegar antes que él!

Dan no sabía qué hacer; movía la cabeza vacilante, observando a Hamilton allí arriba y a su hermana, que estaba más abajo. «Si la espero me van a dar las uvas», pensó.

Dan comenzó a trepar como un mono. Sus brazos y piernas funcionaban sincronizadamente y en un abrir y cerrar de ojos ya había subido otros siete metros. Subió por la siguiente pasarela y comenzó a correr aún más rápido. La rutina en zigzag le dio a Dan una ventaja sobre Hamilton: era mucho más fácil ascender de esta forma que trepando por una viga totalmente vertical. Cuando Dan cruzó el centro de la estatua por decimocuarta vez, adelantó a su competidor, que aunque era más grande, se había quedado sin aliento y había tenido que parar para respirar después de haber trepado treinta metros en la vertical.

—¡Es un bonito día para pasear, ¿no te parece?! —gritó Dan. Él también se había quedado sin aliento, pero su camino hasta la cima era mucho más llevadero que el de Hamilton.

El transmisor del joven Holt no dejaba de sonar; Eisenhower Holt se quejaba constantemente de los Kabra y quería saber por qué su hijo había desaparecido.

Dan estaba sólo a tres pasarelas de la cabeza de la Madre Patria cuando echó un vistazo atrás. No podía ver a su hermana.

—¡Amy! ¿Estás ahí? —gritó. Su voz retumbó contra las paredes de la estatua, pero no hubo respuesta.

—¡Amy! ¡Respóndeme! ¿Estás muy lejos de mí?

—No hace falta que grites. Estoy aquí.

—¡Imposible! —exclamó él, con una enorme sonrisa iluminándole el rostro. ¡Amy había conseguido alcanzarlo! Estaba sólo dos pasarelas detrás de su hermano y subía incluso más rápido que Hamilton Holt, que se había detenido.

—¡Totalmente imposible! —farfulló Hamilton, que parecía haberse aburrido de tanto trepar por la viga central. Unas finas varillas metálicas de seis metros aproximadamente conectaban la viga central con las pasarelas; Hamilton se agarró a una de ellas cuando vio que Amy lo estaba adelantando. La radio cogía cada vez más interferencias y las solicitudes de puesta al día eran completamente incomprensibles.

—¡Date prisa, Dan! —respondió Amy.

Hamilton estaba cada vez más cerca de la pasarela. Columpiándose en la varilla de sujeción metálica y con los pies colgándole a unos cincuenta metros sobre el suelo, la alcanzó en un abrir y cerrar de ojos. Comenzó a balancear su pesado cuerpo hacia adelante y hacia atrás y, cuando obtuvo la altura necesaria, saltó hacia la viga. Lo primero que hizo cuando aterrizó fue apagar la radio.

Dan sabía que tenía que darse prisa. Corrió a toda velocidad hasta el final de la última pasarela, donde el cable seguía directo hacia una escalera de mano que subía a la cabeza de la Madre Patria.

—¡Estoy entrando en el cerebro! —gritó Dan—. ¡Deséame suerte!

Allí arriba, Dan encontró una plataforma lo suficientemente grande para que varias personas pudiesen subirse a ella. Dos enormes torrentes de luz inundaban la cabeza desde el exterior. La imagen era espeluznante, parecía que Dan estuviese realmente dentro de la cabeza de alguien, escarbando en el polvo de una memoria escondida.

—¡Ahí! —susurró Dan. En la esquina de uno de los ojos había un pequeño cilindro envuelto en papel y atado con un cordel. Examinándolo rápidamente, Dan vio que en la áspera superficie había una inscripción: S. PT.

«¡San Petersburgo!»

Se guardó el objeto en el bolsillo, a buen recaudo.

—Estoy subiendo —dijo Amy, que ya estaba casi al final de la escalera.

—¿Le falta mucho a él? —preguntó Dan, ayudando a su cansada hermana a subir a la plataforma.

Amy echó un vistazo a las pasarelas que tenía por debajo.

—Camina muy despacio, así que calculo que tenemos unos tres o cuatro minutos.

—Perfecto. Tengo una idea.

Habían pasado cinco minutos completos cuando Hamilton llegó a la cabeza de la Madre Patria y se desplomó en medio de la plataforma. El joven respiraba agitadamente y alrededor del cuello de su camiseta se podía ver un enorme círculo de sudor.

—Vaya, pareces un pez fuera del agua —bromeó Dan—. Hablando de agua, parece que tienes sed...

Dan se sacó la mochila y comenzó a rebuscar en su interior. Entre todos los caramelos aplastados y las bolsas de patatas había unas cuantas latas de refresco. Sacó una de ellas, la abrió y el refresco comenzó a salpicar a Hamilton.

—Lo siento... —dijo Dan, pero a su primo no pareció molestarle demasiado. Él se incorporó y se bebió todo el refresco, después tiró la lata vacía por el borde de la plataforma.

—Esto está muy, muy, muy alto —opinó Amy, cuyo rostro comenzaba a palidecer, pues parecía haberse dado cuenta de que ahora les tocaba volver a bajar.

—He encontrado un anagrama —informó Dan, poniendo su plan en acción—. Y no sólo eso... También lo he resuelto.

Hamilton empezó a espabilarse.

—Déjame ver —pidió él, limpiándose el sudor de la frente con el brazo.

Dan le mostró el pergamino que encontraron en la taquilla, el de las letras desordenadas, el que los informaba de todas las ciudades que debían visitar. Sin la ayuda de nadie, Dan había entendido que en treinta y seis horas no iban a tener tiempo de visitar todos esos lugares y que, en realidad, ahora ya sólo les quedaban veintinueve horas. No le gustaba tener que admitirlo, pero necesitaban ayuda.

Amy parecía entender lo que estaba haciendo su hermano.

—Es una lista de lugares, ¿ves? —explicó Amy a Hamilton, cogiendo el pergamino de las manos de Dan. La muchacha se aseguró de no mostrarle el otro lado de la nota, pues ahí era donde estaba la foto de sus padres junto con la nota de NRR—. Y Dan ya ha ordenado las letras.

Hamilton miró el pergamino incrédulo.

—He aquí la cuestión —continuó Amy—. Nosotros solos no podemos visitar todos estos lugares, y tú tampoco podrías. ¿Qué te parece si nos los repartimos? Tú vas hacia un lado y nosotros hacia el otro. Después compartimos lo que hayamos encontrado.

El pelo rubio y lacio de Hamilton Holt parecía agitarse como si su cerebro se estuviese poniendo en marcha. Apoyándose en un codo, se puso en pie. Sus ojos se clavaron en Amy con un aire de súplica.

—Puedes confiar en nosotros —prometió Amy—. Vamos a asignarte el lugar que corresponde al siguiente paso de la búsqueda. ¿Ves eso de ahí? —preguntó Amy, sujetando el pergamino de forma que Hamilton pudiese leerlo—. Todo nos lleva hacia ahí: Omsk, Siberia.

Al lado de esas palabras, Dan había escrito: «A continuación, en el cruce entre Y y Z». No tenía ningún sentido, pero sonaba bien y Hamilton no sospechó nada en ningún momento. Dan pensó que tal vez fuese mejor darle las verdaderas instrucciones más tarde, cuando hubiesen examinado más detalladamente el tesoro que se había guardado en el bolsillo.

—Esto es lo que vamos a hacer... —comenzó a explicar Amy.

La muchacha sugirió a Hamilton que visitase las dos ciudades de Siberia, mientras ella y Dan se centraban en los otros lugares, es decir Moscú, Ekaterimburgo y San Petersburgo. Se intercambiaron los números de teléfono y las direcciones de e-mail.

—¡Nos iremos pasando la información sobre la marcha y así dejaremos a los demás fuera de juego! —exclamó Dan, entre risas.

—Eso si antes no nos matamos tratando de bajar de aquí —respondió Amy.

CAPÍTULO 5

Ian Kabra se había sentado en el asiento trasero de una limusina millones de veces, pero ésta era la primera vez que lo hacía cubierto de empanada de carne.

—Los Holt son unos bárbaros —afirmó disgustado, mientras limpiaba las manchas de su traje de cinco mil dólares.

—¡Ahí viene Hamilton! —gritó Natalie. Ella había salido mejor parada del altercado del aparcamiento, pues en cuanto vio la comida volando por los aires, volvió a meterse apresuradamente en el coche. No tenía la más mínima intención de poner en peligro su precioso vestido.

Ian marcó unos números en su teléfono móvil. En un momento tan delicado, la sola noticia del desplazamiento de la competición a Rusia había conseguido que su padre entrase en pánico. Éste no era el mejor momento para esperar oportunidades.

—¿Qué queréis? —La voz que hablaba al otro lado de la línea pertenecía a Irina Spasky, la única persona de nacionalidad rusa de todos los equipos. Ella, al igual que Ian, formaba parte de la rama Lucian. Jerárquicamente, Irina estaba justo por debajo de los padres de Ian y Natalie, algo que siempre la había incomodado.

—No sé cómo te las has arreglado para dejar que todo el mundo entre en tu país —dijo Ian—, pero mi padre se está poniendo muy nervioso; y cuando él está nervioso, yo estoy nervioso. Mi padre nos cortará la cabeza si dejamos que nos vuelvan a robar las pistas, sea el equipo que sea.

—¡No nos robarán nada! —exclamó ella, bruscamente—. Será como encontrar una aguja en un pajar.

Ian sonrió. Podía imaginársela con el tic en el ojo, como se le ponía siempre que se enfadaba.

—No me gusta que estas actividades se aproximen así a unos secretos tan importantes. Se trata de tu país, así que eres la responsable.

—Te sugiero que midas tus palabras. La línea no es segura —añadió Irina.

—Tú sigue a Amy y a Dan Cahill. Creo que se traen algo entre manos —ordenó Ian—. Nosotros nos encargamos de los Holt.

—De acuerdo. Tú serás la niñera de los idiotas. Yo me encargo de lo más complicado.

Irina colgó el teléfono y se acomodó en el asiento trasero de una deprimente furgoneta Volkswagen, exactamente la misma en la que se habían subido Amy y Dan en el aeropuerto. El ruso barbudo trabajaba para los Lucian, al igual que otros cientos de informantes esparcidos por la patria rusa.

«¿Quién estará ayudando a Amy y Dan Cahill?», se preguntaba Irina. ¿Habría un agente doble oculto entre los Lucian? No era la primera vez que se le pasaba la idea por la cabeza, pero con la muerte de Grace Cahill, sus sospechas eran aún mayores. Había demasiados secretos en Rusia... secretos que había que proteger a toda costa. Amy y Dan se habían metido en la boca del lobo.

—Se han puesto en marcha —informó el ruso barbudo desde el asiento delantero.

—Síguelos —ordenó Irina.

El conductor se sumergió en el tráfico y persiguió la luz parpadeante de su monitor.

—Se le da bastante bien la moto —opinó el conductor, riéndose plácidamente a pesar de ir acompañado de una agente extremadamente seria.

—No te pago para que me des conversación —respondió Irina, enojada.

El conductor barbudo no volvió a abrir la boca durante todo el recorrido por Volgogrado. Irina sintió de nuevo el tic de su ojo, suave al principio pero cada vez más pronunciado. Cuando el conductor volvió a hablar, ya habían pasado veinte minutos.

—Se han detenido. Estamos cerca de la estación de trenes.

—Déjame salir —solicitó Irina. Un fajo de billetes rodaron por delante del conductor y chocaron contra sus pies—. Tal vez vuelvas a hacerme falta —le informó ella mientras abría la puerta—. Mantén el teléfono encendido y no abandones la ciudad.

El conductor asintió, se agachó y recogió el dinero del suelo. Cuando se volvió de nuevo, Irina Spasky había desaparecido.

—¿Estás seguro de que nos dirigimos al lugar adecuado? —preguntó Amy.

—Segurísimo —respondió Dan. La muchacha suspiró. No tenía muy claro si había sido una buena idea el embarcarse en el tren de alta velocidad, pero Dan se había mantenido firme en su decisión de esconder lo que había encontrado hasta que estuviesen fuera de peligro, más allá de la ciudad. Estaba aprendiendo a tener cuidado por si alguien los pudiera estar observando.

—Vamos a echarle un vistazo —sugirió Amy—, ya me has hecho esperar demasiado.

Dan sacó de su bolsillo delantero el objeto que había recogido en la Madre Patria. Movió la cabeza a la izquierda y a la derecha del pasillo central del tren, y después se lo entregó a Amy.

—Haz los honores —invitó Dan—; yo estoy demasiado cansado como para abrirlo.

Mientras tanto, Dan hurgó en su mochila y cogió algo de comer y la guía de viaje de Amy.

—Esta cosa está aplastando mi comida.

Colocó el libro entre ellos dos, abrió la bolsa de patatas pulverizadas y comenzó a echárselas en la boca directamente del paquete. Amy, que parecía bastante disgustada con los modales de su hermano, puso los ojos en blanco y volvió a concentrarse en el cilindro. El objeto estaba envuelto en una enorme cantidad de papel, así que pasó un buen rato hasta que la muchacha consiguió desempaquetarlo y sujetarlo entre sus manos. Se trataba de una diminuta estatua tallada con todo lujo de detalles en una sustancia naranja y dura. Parecía ser un monje barbudo con los ojos desorbitados y los brazos cruzados.

Amy cayó en la cuenta.

—¡Creo que sé quién es!

—¡Es el tipo que nos consiguió la moto! —exclamó Dan, observándolo más de cerca. Entonces frunció el ceño—. Bueno, también podría ser su hermano.

Amy no sabía qué hacer con la preciosa estatuilla. Se moría de ganas de echar un ojo en una determinada página de la guía, pero no quería entregar la figura del monje a Dan porque lo conocía bien, y con lo patoso que era, probablemente se le caería.

—Sujeta esto —decidió finalmente, sucumbiendo a sus deseos de información—. Ten muchísimo cuidado, que es muy frágil.

—Lo tengo controlado —respondió su hermano, arrancándole la figura a Amy de las manos y levantándola hacia la luz—. Es casi transparente —observó el muchacho mientras su hermana hojeaba el libro—, y tiene algo escondido en su interior.

—¿Qué? —preguntó Amy, arrebatándole bruscamente la estatua a su hermano.

—¡Eh! ¡Con calma! ¿O ya no te acuerdas de lo frágil que es?

—Es una adivinanza. Éstas en particular no se me dan nada mal. Primero pueden leerse las letras «SHU», a continuación hay un montón de paja y luego una mano con el gesto de la victoria.

SHU +  +

—«Shupajav» —dijo Dan—. ¿Has oído hablar de algo así?

Amy movió la cabeza negando; aun así, había algo en la palabra que le resultaba familiar. Se paró a pensar un rato, pero finalmente, como no se le ocurrió nada, abrió la guía y le enseñó a su hermano la fotografía que había estado buscando.

—Es Rasputín —explicó Amy—. Estoy segura.

Dan observó la fotografía; se trataba de una imagen algo pixelada en blanco y negro en la que se veía a un hombre con ojos enfurecidos.

—Vaya... Pues sí que les da por enfadarse a los monjes —añadió el muchacho. Amy sabía que su hermano estaba recordando aquel montón de religiosos que los habían perseguido en Austria—. ¿Por qué estás tan segura de que es él?

—Rasputín no era un monje cualquiera. Se dice que era casi imposible matarlo. ¿No te parece que un Cahill podría ser así? *¿Inmatable?*

El muchacho tenía los ojos como platos.

—Rasputín se las arregló para introducirse en el círculo íntimo de la familia rusa más poderosa de la historia: los Romanov. Formaban parte de la realeza, igual que Lady Di en Inglaterra.

—Cuéntame la historia, pero olvídate de las princesas, que estás empezando a aburrirme.

—Rasputín tenía mucho talento. Consiguió convencer a la familia real de que poseía poderes curativos sobrenaturales, y las pruebas a la vista están. Parece que no les mentía.

—Estás de broma —respondió Dan, tan entusiasmado como el día que descubrió que su profesor llevaba peluquín.

—Tenía una relación muy cercana con Alexei, el heredero al trono, y también con su hermana Anastasia. Ella era increíble, créeme, pero Alexei estaba constantemente enfermo. Padecía de hemofilia.

Dan parecía haberse tranquilizado.

—¿No es eso... bueno... lo que te sale en el culo?

—¡Qué asco, Dan! ¡Hemorroides no! La hemofilia es una enfermedad de la sangre. Cualquier corte, incluso el más minúsculo, sangra y sangra durante horas. Así que imagínate, no sé... que te caes del monopatín, te rascas la rodilla y tu herida no deja de sangrar hasta que pierdes toda la sangre.

—¡Genial!

—¡De genial nada! Si no hubiese sido por Rasputín, Alexei se habría desangrado antes de cumplir los diez años. Pero aún no has oído lo más curioso: había varios nobles a los que no les gustaba la influencia que Rasputín ejercía en la familia real, así que trazaron un plan para matarlo.

—Esto se pone interesante.

—Pues espera a oír lo que viene —añadió Amy, echando un rápido vistazo a la guía y poniéndolo todo en sus propias palabras—. El dieciséis de diciembre de 1916, el príncipe Félix Yusupov invitó a Rasputín a una cena en su casa. Primero le dio de comer pastel y vino envenenados, pero eso no pareció afectar al monje de ninguna manera. Como Rasputín se dio cuenta de que estaban tratando de matarlo, echó a correr hacia la puerta, pero antes de que la alcanzase, el príncipe Félix le disparó en la espalda.

—Fin de Rasputín. ¡Qué pena! Empezaba a caerme bien.

—¡De eso nada! Rasputín seguía vivo, así que subió la escalera y salió de la casa. Los hombres del príncipe le dispararon varias veces más en el jardín, pero Rasputín seguía sin morirse, así que lo ataron de pies y manos, lo metieron en un saco y lo echaron en un río congelado a través de un agujero de la superficie. Sólo así consiguieron matarlo. El monje se ahogó bajo el agua. —Los ojos de Amy brillaron y ella bajó el tono de voz—. Pero dicen por ahí que las uñas de sus dedos estaban todas gastadas cuando lo encontraron, parece que el hombre estuvo arañando el hielo durante una media hora tratando de salvar su vida antes de rendirse.

—Ésta es la mejor historia que me has contado en toda tu vida —opinó Dan—. Tanto si es verdad como si no.

—Dan, yo creo que es verdad. Nosotros especialmente deberíamos creerlo, aunque los historiadores digan que es mentira. ¡Rasputín era un Cahill! ¡Hasta es posible que seamos de la misma rama que él!

—¡Tal vez seamos superhéroes! —exclamó Dan, entusiasmado.

—Tranquilízate —sugirió Amy—. Aún tenemos que descubrir adónde ir cuando lleguemos a San Petersburgo.

Perdidos en sus pensamientos, Dan y Amy dejaron de hablar. Al poco rato se encontraron luchando contra el sueño. Con el traqueteo y el ruido monótono de las vías, los trenes tienen la exasperante capacidad de hacer que una persona cansada tenga aún más sueño. Dan propuso una última idea antes de sucumbir a la tentación de la siesta:

—Tal vez deberíamos ir al lugar donde intentaron matar a Rasputín.

Amy descartó esa idea. Las inscripciones del interior de la estatuilla no tenían nada que ver con el palacio Yusupov. Entre bostezos, continuó indagando en su libro, tratando de encontrar algo relacionado con la paja o con una victoria. Distraídamente, levantó la mano, se la llevó hasta el cuello y comenzó a juguetear con el collar de jade de Grace.

«Grace, ¿qué habrías hecho tú en mi lugar?», pensó la joven. Se le llenaron los ojos de lágrimas mientras su hermano dormía, pues todas las preocupaciones que trataba de evitarle a él acababan de apoderarse de ella. Levantó la mirada y observó la brillante puesta de sol.

«No puedo hacer esto yo sola», se dijo a sí misma, pasando la página de Rasputin hacia adelante y hacia atrás en la guía de viaje. Una lágrima cayó encima del papel y ella la limpió con un dedo. Sus ojos se centraron en una palabra y su mente se volcó en ella, con intención de no dejarla escapar. Entonces, sin ningún motivo aparente, lo comprendió todo. Fue como un regalo.

—¡Ya lo tengo!, ¡ya lo tengo! —exclamó la muchacha. Dan se despertó de un susto y dio un salto para colocarse en posición de ataque *ninja* mientras Amy se secaba las lágrimas.

—¡Es ahí! —añadió Amy, señalando una fotografía del palacio Yusupov—. ¡Tenías razón, Dan!

—¿Quiere eso decir que puedo volver a dormir?

—Antes de pertenecer a los Yusupov, este palacio perteneció a otra persona. ¿Quieres saber a quién?

—Ilumíname —respondió Dan, despierto pero con los ojos cerrados al mundo.

—Era la mansión del conde Pyotr Shuvalov. El conde Shubalo-v. ¿Entiendes? Son las letras S, H y U, la bala de paja que se convierte en «balo» y la V de victoria.

—Pues podría ser, suena bien —opinó Dan.

Dos segundos más tarde, se levantó como un clavo y miró a su hermana con una sonrisa de oreja a oreja.

—¡Eh! ¿Te das cuenta de lo que quiere decir eso? ¡Tú y yo vamos de camino a la escena de un asesinato!

Seis filas detrás de ellos, Irina Spasky bajó el periódico tras el que se estaba ocultando y frunció el ceño. Había pasado por delante del asiento de Amy y Dan, disfrazada con gafas de sol oscuras y un sombrero de ala baja, y les había colocado un micrófono inalámbrico. Cada una de las palabras y estúpidas ideas peligrosas que a Amy se le habían ocurrido habían llegado a los oídos de Irina alto y claro.

«Los jóvenes Kabra son maníacos y los Cahill, suicidas —pensó—. Y ahora me toca a mí perseguirlos por toda Rusia para proteger nuestros secretos, en lugar de poder buscar nuevas pistas.» Chasqueó la lengua disgustada, reflejando lo mucho que detestaba a los niños. Sin embargo, su pecho se tensó en señal de protesta automática. Una vez, hacía mucho, mucho tiempo, hubo un niño al que realmente había amado.

CAPÍTULO 6

La siesta que Amy y Dan se echaron en el tren les proporcionó un subidón de energía cuando pisaron por primera vez el suelo de San Petersburgo. ¿Por qué ir a un hotel cuando había tantos palacios en los que poder colarse?

—Tenemos que ir por ahí —anunció Amy. El frío y vigorizante aire del atardecer la llenaba de entusiasmo a medida que avanzaba por el bullicioso andén. Habían llegado a la estación Moskovsky, que se encuentra a menos de tres kilómetros del palacio, así que los dos hermanos decidieron caminar hasta allí antes que arriesgarse a coger otro taxi.

—Hay una gran concentración de palacios a las orillas del río Moika. Yusupov es uno de ellos.

—Deberías ser guía turística —opinó Dan—. Indícame el camino.

Poco después, habían dejado la estación y se encontraban caminando por Nevsky Prospekt, una avenida de ocho carriles. Los edificios color pastel del siglo XVII y los comercios de construcción moderna convivían cara a cara, compitiendo por el espacio en la próspera Rusia del siglo XXI.

—Dan —dijo Amy, agarrando a su hermano de la mano—, creo que nos están siguiendo.

Dan echó un vistazo por encima de su hombro.

—Es el Hombre de Negro —susurró él.

Era él sin lugar a dudas. Llevaba el oscuro abrigo y el sombrero, se movía ágilmente, igual que él, y el curtido rostro, rodeado de sombras, era talmente el suyo. Era inconfundible.

Amy y Dan echaron a correr, esquivando a los peatones de la concurrida calle. Sus movimientos parecían poner el mundo en marcha. De repente, un camión atravesó dos carriles aproximándose directamente hacia ellos. El muchacho corrió más rápido, pero ella se quedó petrificada. El camión dio un volantazo rozando la acera y un sobre que salió volando por la ventana del pasajero cayó en la cuneta, a los pies de Amy.

—¡Conduce con cuidado, idiota! —gritó Dan. Las personas a su alrededor lo miraban desconcertadas, mientras el camión se apresuraba para incorporarse al tráfico y desaparecer a la vuelta de la esquina.

—Se ha ido —anunció Amy, con una voz temblorosa en la oscuridad de la noche. ¿Estaría relacionado el incidente del camión con el Hombre de Negro? Fuera como fuese, el oscuro personaje desapareció tan misteriosamente como había aparecido

—Creo que deberíamos seguir —opinó Dan—. Este tipo podría volver en cualquier momento.

Amy asintió y los dos hermanos se apresuraron a seguir su camino por Nevsky Prospekt. Dan abrió el sobre mientras caminaba.

—¿Qué pone? —preguntó su hermana.

A medida que él leía la carta, Amy podía sentir cómo la noche se oscurecía cada vez más a su alrededor.

—«El tiempo se está acabando. Tenéis que daros prisa. Os están siguiendo, y no me refiero al Madrigal. Cuando los perseguidores se dejen ver, dadles este mapa para despistarlos y seguid vuestro camino. Debéis entrar en el palacio durante la noche y encontrar a Rasputín. Seguid la serpiente naranja. NRR.»

—¡El Hombre de Negro es un Madrigal! ¿Te das cuenta de lo que quiere decir eso? Estamos muertos. ¡Totalmente muertos! —gritó Dan.

—Al menos tenemos otra nota de NRR —respondió Amy—. Estamos muy cerca de encontrar algo... Ojalá supiésemos el qué.

La joven colocó la mano sobre el hombro de su hermano para calmarlo, pues los dos se estaban poniendo nerviosos.

—Creo que debemos seguir con esto, ¿no te parece? La verdad es que tampoco tenemos otra elección. Además, el hombre de negro ya se ha ido —sugirió Amy.

—Está bien, asumamos que realmente se ha marchado, aunque yo tenga mis dudas. ¿Qué más da? Por lo visto alguien más está siguiéndonos, no sólo él. Podría ser cualquier persona, ¡pero lo más probable es que sea alguien que quiere tirarnos un piano a la cabeza!

—Seguramente sea otro equipo, eso es todo lo que voy a decir. Además, NRR nos ha dado algo para despistarlos.

—Tal vez nos esté llevando a un lugar apartado donde no haya nadie, así seremos una presa fácil —respondió Dan—. ¿No has pensado en esa posibilidad? ¿Y si la foto de papá y de mamá es sólo un truco para engañarnos y atraparnos cuando estemos solos?

Amy se detuvo un instante.

—Dan, siento tener que decirte esto, pero ya estamos solos desde hace bastante.

La verdad de esas palabras provocó un silencio entre los hermanos.

Amy cogió la carta que Dan estaba sujetando. En la parte inferior del papel había un elaborado mapa de San Petersburgo en el que una línea de puntos marcaba un camino. Terminaba atravesando dos canales en la otra punta de la ciudad. Amy dobló el papel y lo cortó en dos separando el mapa de la carta.

—¿Ves? Parece un camino que conduce a algo importante, pero es una misión imposible. Lo único que tenemos que hacer es dárselo a quienes nos estén siguiendo cuando se dejen ver y entonces los despistaremos, aunque sea sólo un momento. Tal vez NRR esté tratando de aislarnos, pero la foto... quiero averiguar qué significa.

Amy pudo ver que Dan necesitaba que le diesen cuerda, ya que el muchacho sacó de su mochila un paquete medio vacío de caramelos, se metió un puñado entero en la boca y comenzó a masticarlos.

—Si conseguimos colarnos en el palacio, luego yo ya sé lo que hay que hacer con lo de Rasputín: normalmente tienen una exposición de muñecos de cera representando el asesinato de Rasputín. Recuerdas lo que te conté, ¿no? —dijo Amy, tratando de convencer a su hermano.

—Supongo que eso es algo que no me puedo perder —asintió Dan, entusiasmado, muy a su pesar, ante la idea de un monje «inmatable».

Amy sonrió.

—¡Genial! Ahora lo que hay que hacer es encontrar la serpiente que nos indicará el camino.

Eran ya casi las once cuando los dos hermanos llegaron al palacio Yusupov. El ambiente comenzaba a relajarse en las tranquilas orillas del río Moika, que pasaba justo por delante del edificio. Se trataba de una casa señorial de tres plantas, decorada en amarillos y blancos. Había algunos peatones aquí y allá a lo largo del dique, y ocasionalmente se veían también las luces de los vehículos que pasaban por la carretera, pero, aparte de eso, el área estaba desierta.

El palacio Yusupov se extendía a lo largo del río. Cada una de las plantas disponía de treinta ventanas, ahora oscuras, con vistas al Moika. Había una enorme puerta de entrada en forma de arco justo en el centro del edificio y tres altas columnas blancas a cada lado de la misma.

—No sé por qué, pero tengo la sensación de que la puerta no va a estar abierta —dijo Dan—. ¿Probamos por una ventana?

Amy echó un vistazo a la fachada frontal del palacio, buscando algo que pudiera parecerse a una serpiente.

—¡Amy! —gritó Dan, llamando a su hermana. El muchacho había cruzado la calle para poder observar mejor el estrecho río, que medía unos veinte metros de ancho. En la otra orilla, había edificios y casas llenas de ventanas alineadas en una calle similar a la del palacio Yusupov.

Amy se acercó hasta Dan y observó la negra agua.

—¿La ves? —preguntó él.

—¿El qué?

Dan señaló al centro del arroyo, donde una serpiente naranja fluorescente bailaba sobre la resplandeciente agua. Era más bien pequeña, de unos treinta centímetros de largo. Dan siguió con la mirada el haz de luz que la proyectaba desde la otra orilla. Allí, en una de las ventanas, encontró lo que estaba buscando: la sombra de una persona en una habitación a bastante altura sobre el nivel del río que apuntaba al agua con un láser desde la cristalera.

—Se está moviendo —anunció Amy. La joven estaba en lo cierto; cuando Dan volvió a mirar, la serpiente naranja estaba deslizándose por el agua en dirección a ellos.

—Esto es escalofriante —opinó ella—, pero me gusta. Es el tipo de señal que nadie más puede entender. Además, cuando desaparezca, no habrá dejado ningún rastro. Ahora lo interesante sería conseguir ir tras ella y entrar en el palacio rápidamente, así nadie más sabrá qué buscar.

La serpiente naranja había llegado al dique y Amy y Dan tuvieron que asomarse para poder verla subiendo por los bloques de cemento. A medida que se acercaba, pudieron observar que no se trataba de un láser cualquiera. Se movía doscientas veces por segundo creando un holograma en dos dimensiones de una serpiente que se deslizaba entre las piedras.

—NRR tiene unos juguetitos geniales —dijo Dan, mientras la serpiente atravesaba la barandilla y alcanzaba la fachada del palacio que estaba detrás de ellos.

—¡Ha cruzado la calle! ¡Vamos a perderla! —exclamó Amy.

La serpiente se movía ahora más rápido. Pasó volando por delante de la puerta principal y dejó atrás también una hilera de ventanas; después, siguió su camino por la pared hasta llegar a la segunda planta. Se detuvo en la tercera ventana empezando por el final. Allí, se deslizó por el alféizar, de un lado a otro.

Amy echó un vistazo atrás, hacia la ventana al otro lado del río. La ponía nerviosa pensar que probablemente hubiese alguien observándolos desde allí con unos prismáticos.

—Vamos —susurró ella, centrándose nuevamente en la serpiente del palacio—; seguro que ésa es nuestra puerta de entrada.

Dan y Amy se detuvieron bajo la ventana, que estaba a unos tres metros sobre sus cabezas. La fachada del palacio era lisa como un plato.

—Ni siquiera Spiderman podría trepar por esta pared —protestó Dan.

—Pues yo creo que sí —respondió Amy.

La serpiente naranja había subido hasta la tercera planta, donde había una tercera hilera de ventanas colocadas sobre unas construcciones decorativas. Cuando la serpiente se detuvo, oyeron un ruido al otro lado del río. Medio segundo más tarde vieron que algo golpeaba la fachada provocando una chispa.

—¡Esa cosa está enganchada a una pistola! —exclamó Amy, asustada.

—No es una pistola —la corrigió Dan—. Si fuese una pistola habría sonado más fuerte. ¡Mira!

Una cuerda enroscada estaba cayendo de donde se había posado la serpiente. Se desenroscó hasta llegar al suelo por un lado de la pared, colgando justo enfrente de la ventana por la que debían entrar.

—¡Perfecto! —dijo Dan.

—¡Espera, Dan! —gritó Amy, que podía oír las voces de una pareja que pasaba por delante del palacio. También vieron las luces de un coche que iba hacia ellos.

—Finge que estamos paseando, como si eso no estuviese ahí —sugirió Amy.

Los dos hermanos comenzaron a caminar alejándose de la cuerda hasta que se cruzaron con la pareja, saludándolos al pasar por delante de ellos. El coche también siguió su camino.

—Eh... Amy...

—¿Sí?

—Creo que NRR quiere que subamos por esa cuerda ahora mismo.

Dan tenía la mirada fija en su propio corazón, donde la serpiente naranja se había posado a descansar.

—Probablemente no haya moros en la costa. Desde donde él está se puede ver todo mucho mejor que desde aquí. ¡Vamos!

Amy fue la primera, se agarró a la cuerda para trepar por la pared hasta llegar al amplio alféizar.

—¡Date prisa, Dan!

Amy empujó la ventana y ésta se abrió hacia dentro. La muchacha se coló en el interior y, una vez allí, se asomó a la ventana para vigilar que no se acercaran coches mientras Dan subía.

—¡Unos faros! —exclamó ella, agarrando a su hermano por la sudadera y tirando de él para meterlo en el palacio. Dan perdió el equilibrio y cayó sobre el suelo de mármol de la habitación, golpeándose la rodilla y gritando de dolor.

—Silencio —dijo Amy, cerrando la ventana detrás de ellos—. Tal vez haya un guardia de seguridad en el palacio.

—¡No puedo evitarlo! ¡Casi me rompes el cuello tirando así de mí!

Dan se levantó y trató de hacer presión en su rodilla.

—Me va a salir un moratón horroroso, pero al menos todo ha salido bien. ¿Adónde vamos ahora?

—A la planta principal en el ala este —respondió Amy—. Por aquí.

Amy ya se había estudiado la guía de viaje y se había enterado de dónde se encontraba la exhibición de Rasputín. Atravesaron habitaciones oscuras llenas de valiosas piezas de arte y muebles.

—Parece que a estos nobles les gustaban las cosas bonitas —opinó Dan.

—Los Yusupov eran muy conocidos por su buen gusto. Se gastaban millones en proyectos de redecoración y reconstrucción.

Mientras estaban bajando por una escalera vestida con una alfombra de terciopelo violeta, Amy oyó un ruido detrás de ellos.

—¿Has oído eso?

—Creo que alguien nos ha seguido hasta aquí. ¡Apresúrate!

Amy y Dan corrieron escaleras abajo y giraron a la derecha. Pasaron bajo un arco muy alto y se metieron hacia la izquierda, hasta llegar a un vestíbulo acordonado.

—Es aquí —anunció Amy. Se metió por debajo de la cuerda y Dan fue detrás de ella. Giraron de nuevo a la izquierda y vieron una sala abierta, ligeramente iluminada.

Era como si hubiesen viajado en el tiempo para presenciar un asesinato. Todo lo que había sucedido la noche de la muerte de Rasputín estaba meticulosamente recreado. Había esculturas y cuadros, y lo mejor de todo: dos salas llenas de figuras de cera de tamaño real.

—Ahí está —dijo la joven. En una habitación tras una cuerda amarilla, Rasputín se sentaba a la mesa dispuesto a comer los pasteles envenenados que se le habían servido.

—Vamos, Dan. La pista nos lleva hasta Rasputín. Voy a registrar sus bolsillos.

—Yo miraré debajo de la mesa.

Amy se arrimó a la figura de cera y comenzó a registrar las gruesas batas negras que ésta vestía. Su rostro estaba justo enfrente de la cabeza de cera de Rasputín, con su poblada barba y su mirada fija y penetrante.

Una voz con un fuerte acento ruso sonó detrás de ella:

—Habéis cometido un grave error viniendo hasta aquí.

Dan trató de ponerse en pie bajo la mesa y se golpeó la cabeza, haciendo sonar los platos y las tazas en la tranquila sala.

—Salid inmediatamente de ahí, los dos.

Dan reconoció la voz inmediatamente.

—¡Irina! ¿Qué haces tú aquí?

—Ningún niño me va a ganar en astucia en mi propio país.

Dan miró a su hermana y trató, sin mucha suerte, de leer su cara asustada. «¿Has encontrado algo?»

—Vamos, enseñadme qué habéis descubierto —dijo Irina—. No tengo intención de haceros daño.

Incluso en la penumbra, Dan pudo ver que Irina estaba tan malhumorada como siempre. No creía ni una palabra de lo que decía.

—Me parece que vamos a quedarnos aquí, si a ti no te importa —respondió Amy.

—Como mejor os parezca. De todas formas no vais a salir de aquí sin antes responder a unas preguntas, además de entregarme lo que hayáis encontrado.

Dan no tenía el mapa que NRR les había dado, y no podía evitar preguntarse cuándo se lo entregaría Amy a Irina. «¿A qué está esperando?»

—¿Quién os está ayudando? —preguntó la ex espía, que comenzó a jugar deliberadamente con sus uñas, haciendo que Dan se estremeciese al pensar en el veneno que éstas contenían.

—No nos está ayudando nadie. Simplemente somos más listos que tú —respondió Dan, con los ojos clavados en su hermana petrificada.

—¿Te crees que no he visto la serpiente? ¿Te crees que no escuché todo lo que dijisteis en el tren desde Volgogrado? No sois tan listos, jovencito.

Dan se asustó. «¡Ha estado siguiéndonos desde Volgogrado!»

—¿Creéis que alguien está tratando de ayudaros? ¡No seáis ridículos! —continuó Irina—. ¡Es una trampa! Si persistís con este juego, todo acabará en desastre. Esa persona a la que estáis siguiendo... os matará en cuanto satisfagáis sus deseos.

«¿Igual que tú aquella vez en París?», pensó Dan. Entonces vio un cuchillo de mantequilla sobre la mesa y se preguntó si podría servirle como arma. Ojalá supiese moverse como los ninjas de verdad.

—Os lo preguntaré una vez más. ¿Quién os está ayudando?

—Aquí lo tienes —dijo Amy, saliendo por fin de su trance y entregando el mapa a Irina—. Esto es lo que hemos encontrado. Al menos podrías compartir la información con nosotros.

Irina arrancó el papel de las manos de Amy y lo abrió bajo la suave luz de la habitación. Cuando lo leyó, gritó enfurecida.

—Es peor de lo que pensaba —les advirtió, fijando su fría mirada sobre los niños—. Vosotros dos estáis en grave peligro. Tenéis que creerme. ¡Decídmelo! ¿Quién os está ayudando?

Durante un segundo, Dan casi se lo traga. ¿Cómo iba a confiar en ella? Sin embargo... había algo diferente en su rostro, se la veía angustiada, pero no como otras veces.

Acto seguido, volviendo a su lúgubre y habitual determinación, Irina dio un paso hacia Amy y Dan y dobló los dedos, mostrando los inyectores de sus uñas, que brillaban amenazadoramente.

—No nos ha dado ningún nombre —respondió Dan—, sólo estamos siguiendo un indicio, eso es todo. Pero si no compartes la información de ese papel con nosotros, todo habrá finalizado. Perderemos el rastro. ¡Dinos lo que pone y nos iremos!

Irina se veía casi satisfecha.

—Si esta persona entra en contacto otra vez, no le escuchéis o acabará matándoos. Tenéis que abandonar Rusia y no volver nunca más. Si no me creéis, no es mi culpa, pero eso sí, supondrá vuestra muerte.

Irina retrocedió y metió el mapa en el bolsillo de su abrigo.

—Vámonos. Vosotros dos, ¡en marcha!

Los dos hermanos se apresuraron a salir de la exhibición con Irina siguiéndolos de cerca. Entre gritos, la mujer fue indicándoles qué dirección seguir hasta que llegaron a la entrada principal. Irina introdujo un código en su teléfono y después levantó el dispositivo y lo colocó frente a una alarma electrónica que había en la pared. Entonces, se abrieron las enormes puertas de madera y la ex espía hizo salir a los niños a la fría noche.

Una vez en la calle, Irina parecía confundida, pero acabó diciéndoles:

—Ese mapa lleva a secretos que muchas personas matarían por proteger —explicó, mientras cerraba la puerta y comenzaba a caminar—. Marchaos ahora que aún estáis vivos. Algún día me lo agradeceréis.

Boquiabiertos, Amy y Dan vieron marchar a Irina, como dos pececillos que ven pasar a un enorme tiburón blanco. Cuando se despertaron del trance, se apresuraron a retomar su camino por la orilla del río en dirección opuesta a la de ella. Cuando Dan estuvo seguro de que habían perdido a Irina, sujetó a Amy del brazo y le preguntó:

—¿Has encontrado lo que nos había dicho NRR?

Nervioso, contuvo la respiración. Si Amy no había encontrado nada entre la ropa de Rasputín, supondría el final de su búsqueda.

—Lo tengo —respondió ella—, y eso no es todo. Algo en la exposición ha despertado mi curiosidad. Creo que estamos un paso más cerca de averiguar dónde está NRR.

Amy metió la mano en el bolsillo y sacó la siguiente pieza del puzle.

CAPÍTULO 7

Amy disfrutaba del lujo bien medido si la ocasión se le presentaba, pero el caso de los rusos ya era el no va más.

—¿Cómo he podido dejarme convencer? —preguntó ella, observando el piano de cola que había en medio de la suite donde se alojaban. Se habían arriesgado a coger un taxi, y a Dan no se le había ocurrido otra cosa que decir al conductor:

—Llévenos al mejor hotel de San Petersburgo.

Se trataba del Grand Hotel Europe, uno de los hoteles más lujosos de toda Rusia. Aunque cuando entraron en la suite de dos mil dólares por noche, Dan opinó que tampoco era para tanto.

—¡Menudo timo! —exclamó el muchacho—. ¿Sesenta y ocho mil rublos y no tienen máquina de *pinball*?

Dan corría de habitación en habitación, entre los costosos muebles y cuadros.

—¡No hay tele gigante ni máquina de refrescos!

—¡Tiene dos camas enormes y servicio de habitaciones ilimitado! A mí ya me va bien —respondió Amy, frotando un pequeño objeto entre las manos. Se trataba de la pieza que había descubierto en el bolsillo de Rasputín en el palacio: una tablilla de madera alargada y decorada con un escudo en la que ponía:

Tuvo claro el significado de las palabras desde el momento en que las leyó, pues hacían referencia a uno de sus libros favoritos. *Aquí no castigamos a criminales* apuntaba sin duda alguna al clásico de Dostoievsky *Crimen y castigo*. A la muchacha le gustaba que sus libros fuesen largos y que le permitiesen tirarse en un sofá durante horas, y este libro en particular era un ladrillo.

Dan fue, sin embargo, el que con su increíble memoria y su espabilado ojo reconoció el blasón. La guía de viaje rusa tenía toda una sección de heráldica, y Dan lo había identificado correctamente con la ciudad de Omsk, justo el lugar al que se dirigían los Holt. Era una lástima que los Kabra los estuviesen siguiendo.

Amy sacó el teléfono de Nella y su cargador y buscó un enchufe. Habían estado demasiado ocupados como para contactar con ella, y la muchacha no podía evitar sentirse cada vez más culpable. Tenía un nudo en el estómago que crecía a pasos agigantados.

—No puedo creer que la hayamos dejado preocupada durante todo el día y toda la noche. Para ella, aún estamos comprando rosquillas en El Cairo.

Cuando levantó la vista, vio que su hermano estaba al teléfono llamando al servicio de habitaciones. Tenía un enorme menú plurilingüe sobre su regazo. Amy movió la cabeza descontenta mientras enchufaba el teléfono y veía las imágenes en la pantalla al encenderlo.

—¿No tenéis ni mantequilla de cacahuete ni mermelada? ¡La comida de los ricos es muy aburrida! —protestó Dan. También había pedido una soda de naranja, *cookies* con chocolate y aros de cebolla.

—Voy a llamar a Nella —interrumpió Amy—. ¿Quieres escuchar?

—Espera un momento —respondió Dan, mientras colgaba el teléfono, cogía su portátil y el cargador y se unía a Amy en el suelo. Estaban sentados uno al lado del otro, con el enchufe entre los dos.

—Todos estos muebles preciosos en la habitación y nosotros sentados aquí en el suelo. ¿Qué nos pasa? —preguntó Amy.

—Supongo que esto de vivir por todo lo alto no es lo nuestro. Menos mal, no me gustaría acabar como los Cobra.

Amy no podía evitar pensar que su hermano había caído en el encanto de la tarjeta de crédito demasiado rápido.

—Dan, mira esto. Hay mensajes.

La luz verde del buzón de voz parpadeaba en el móvil de Nella. Amy pulsó el botón de «escuchar» y activó el diminuto altavoz.

—Tiene siete mensajes nuevos —informó una voz femenina.

Amy presionó la tecla del siete y se oyó el primer mensaje, aunque la cobertura no era buena y no pudieron entenderlo del todo.

—Si me... ¡LLAMADME! No puede tomar tanto... esas rosquillas. El número del hotel es... —La calidad del audio era tan mala que no consiguieron descifrar el resto.

Los cinco mensajes siguientes, también de Nella, se oían

igual de mal. Por su tono de voz, se notaba que cada vez estaba más preocupada.

—Va a matarnos —opinó Dan.

—Yo también lo creo —confirmó Amy.

Pulsó el botón de nuevo y escucharon el último mensaje. Éste no era de Nella.

—Llámanos en cuanto puedas. Necesitamos un informe de Estado —dijo la voz susurrante de un hombre—. Hace tiempo que no hablamos contigo.

Dan y Amy se miraron mutuamente.

—¿Sabes quién era ése? —preguntó ella—. Yo no conozco la voz, ¿y tú?

—Tampoco —respondió Dan, negando con la cabeza enérgicamente, como si estuviera tratando de expulsar de ella un mal pensamiento. Se miraron fijamente durante un segundo y entonces Amy cambió de tema conscientemente.

—Espero que Nella esté bien. Estoy preocupada por ella.

—Yo me pregunto cómo le irá a *Saladin* —respondió Dan, con una voz que sonaba intranquila.

—¿Qué te parece si le mandamos un e-mail? —sugirió la joven—. Sólo para que sepa que estamos bien. Así no tendremos que preocuparnos de que nos grite y pierda los papeles; no estoy segura de que pueda soportarlo en estos momentos.

—Y le diremos que cuide bien de *Saladin* —añadió el muchacho.

Entraron en Internet y encontraron un montón de mensajes de Nella muy parecidos a los del teléfono. Tuvo la amabilidad de hacerles saber que *Saladin* estaba bien, comiendo pescado fresco de un mercado de El Cairo y echándose largas siestas en la habitación del hotel.

—¿Ves? —dijo ella—. *Saladin* está bien.

Amy cogió el portátil y comenzó a escribir un pequeño mensaje:

Querida Nella, nos tropezamos con una pista que no podíamos dejar pasar. Antes de que nos diésemos cuenta, ya estábamos abandonando El Cairo y de camino a Rusia. Todo ha sucedido muy rápido. Entendemos que probablemente no podrás venir a reunirte con nosotros, pero no te preocupes por nada, nosotros estamos bien. De momento no ha habido ningún problema. Por favor, cuida mucho de *Saladin*. Te prometemos que mañana por la mañana miraremos de nuevo el correo. En serio, no te preocupes por nosotros. Estamos bien. Amy y Dan.

—¿Qué te parece? —preguntó ella.

—Creo que puede valer. Envíalo.

Amy hizo clic en el botón «enviar».

—Al menos Nella sabrá que no estamos muertos.

—También deberíamos escribir a Hamilton, ¿no crees? —preguntó Dan.

Casi se había olvidado. ¡Por supuesto! Todo indicaba que ahora tocaba Siberia, justo el lugar al que se dirigía Hamilton. En teoría debería llegar bien temprano, de madrugada, en el tren Transiberiano. Comenzó a redactar un mensaje mientras su hermano buscaba la dirección de e-mail de Hamilton en su mochila.

Hamilton, es tu turno. Hemos encontrado la siguiente pieza y nos lleva justo al lugar al que te diriges.

Cuando llegues a Omsk, busca una estatua de Dostoievsky. Es un famoso escritor ruso, así que pregunta por la calle; todo el mundo debería saber dónde está. Lo más importante es que te fijes en qué está mirando. Es decir, sigue sus ojos y allí donde se fijen, será la siguiente cosa que tengamos que perseguir. ¡Sigamos al frente en la competición! Llámanos al móvil cuando tengas la información. Amy y Dan.

—Está sonando —respondió Dan. El teléfono de Nella vibraba suavemente sobre el suelo enmoquetado. Dan miró la pantalla.

—Debe de ser Nella. Probablemente haya estado todo el día sentada delante del ordenador esperando a que entremos en contacto. Eso es bueno, ¿no?

Pero Amy tenía sus dudas. Estaba agotada y la voz susurrante del hombre en el teléfono de Nella no le hacía ninguna gracia. «Llámanos en cuanto puedas. Necesitamos un informe de Estado. Hace tiempo que no hablamos contigo.»

—Deja que suene —respondió ella—. Vamos a dormir.

Cuando Dan se despertó, Amy no estaba en la suite y el muchacho estuvo a punto de perder los papeles. Comenzó a correr arriba y abajo de una habitación a otra hasta que vio una nota pegada en el cabecero de su cama.

«Estoy en el vestíbulo del hotel. He ido a comprarnos ropa nueva, la nuestra se está poniendo asquerosa. Vuelvo en seguida. Pide el desayuno, dormilón.»

Dan respiró aliviado. Miró el reloj y se dio cuenta de que eran más de las nueve de la mañana. Hizo un veloz cálculo mental y contó que, si podían fiarse de NRR, sólo les quedaban diez horas antes de que «la cámara» se cerrase, fuese lo que fuera eso.

Cuando Amy volvió del vestíbulo con dos bolsas llenas de ropa, Dan ya se había duchado y había pedido un desayuno colosal al servicio de habitaciones. Salió del baño inmerso en una nube de vapor, envuelto en un albornoz blanco y calzando unas zapatillas a juego.

—Por una vez podríamos quedarnos todo esto —sugirió Dan. Sus palabras eran incomprensibles debido a la pasta de dientes, pues se los estaba cepillando con un cepillo que el hotel regalaba a sus huéspedes.

—Si tuviésemos algo de espacio en la mochila... Mira el correo, tal vez Hamilton nos haya escrito.

—Querrás decir Hamilton Bobolt... ¿no? —se rió Dan.

—Bueno, ahora no tenemos más remedio que aguantarlo —respondió Amy, mientras rebuscaba entre las bolsas decidiendo qué ponerse—. Hay que intentar sacarle partido a la situación.

Dan dejó su cepillo en el lavabo y se unió a Amy en la selección de ropa.

—Tienen algunas tiendas interesantes ahí abajo. Lo he cargado todo a la cuenta de la habitación —dijo ella, con una sonrisa de oreja a oreja—. Creo que le estoy cogiendo el truco a esto del lujo.

Dentro de las bolsas había de todo, desde ropa interior hasta camisetas, pasando por vaqueros. Se fueron a sus habitaciones, se vistieron rápidamente y se encontraron en la entrada de la suite, justo a tiempo para recibir al servicio de habitaciones.

—Tú ve a por el portátil —sugirió Dan—. Yo me encargo de la comida.

Devoraron pilas y pilas de tortitas calientes con tazas de chocolate, y una buena sensación se apoderó de ellos. Estaban bien descansados, tenían la barriga llena y ropa nueva. ¿Se podía estar más listo para diez horas de aventura? Mientras comían, Dan abrió su e-mail. Soltó tal carcajada que un trozo de tortita salió volando de su boca y aterrizó en el plato de Amy.

—¡Qué asco! —gritó ella, que también se estaba riendo. Cogió de su plato el trozo de tortita voladora, lo colocó encima de la mesa y le preguntó a su hermano qué era tan divertido.

—Tenemos un correo de Hamilton. Mira.

Dan deslizó el portátil hacia Amy para que ella pudiese ver la pantalla. Había una foto de los Holt delante de la estación de trenes de Omsk. Llevaban todos unas parkas gigantescas y sonreían para la cámara. Parecían un descomunal equipo de gimnastas a punto de estrenar las pistas de esquí en el horrible invierno... el único fallo era que lucía el sol y que la gente que se veía llevaba jerseys finos. Bajo la fotografía estaba la respuesta de Hamilton al mensaje que le habían mandado la noche anterior:

Mi madre nos ha obligado a ponernos estas estúpidas cosas para una foto familiar. Dice que será una postal de Navidad ideal. Lo que sea. No es que haga mucho frío en Siberia en esta época del año, así que nos hemos deshecho de las chaquetas. Papá ha ido a por empanadillas de carne, mamá y las gemelas están buscando un cuarto de baño. Yo acabo de conectar mi portátil otra vez... Internet brilla por su ausencia aquí en la tundra, pero he conseguido leer vuestro mensaje. Estoy en un cibercafé. No ha habido problemas para encontrar la estatua de *Dostrovinsky*. El tipo tiene un nombre raro, pero eso ayuda porque incluso en esta cafetería ya han podido decirme dónde está. Para mi suerte, está aquí a la vuelta de la esquina. Me fijaré en lo que esté mirando y me pondré en contacto con vosotros. Los teléfonos no van demasiado bien, pero igual tengo una barra o dos de cobertura cuando salga de nuevo al aire libre. Seguiré con la caza.

MILI

—¿Mili? —respondió Dan—. ¿Estará de broma?

—Me imagino que será un apodo familiar.

Dan se metió un buen trozo de tortita en la boca y sujetó su tenedor en el aire.

—Tengan cuidado, queridos contrincantes... ¡Mili les está acechando!

Los dos se reían tontamente cuando sintieron vibrar el teléfono de Nella.

—Será mejor que esta vez respondamos —sugirió Dan, ya de vuelta a la realidad.

Amy caminó hasta el teléfono y lo levantó. Llamada no identificada. Decidió que ya era hora de hablar con ella.

—¿Diga? —respondió.

—¿Amy? ¿Eres tú, Amy? —La voz ansiosa de Nella inundó la línea telefónica. Parecía encantada.

—¡Soy yo! ¡Sí, estamos bien! —exclamó la joven.

—¡Sí! ¡Bien! ¡Bien! ¿Está Dan ahí? ¿Está a salvo?

—Dan está bien, a menos que reviente de tanto comer tortitas.

—Estaba preocupadísima por vosotros dos —la regañó la niñera—. *Saladin* no deja de llorar, os echa mucho de menos.

¿Rusia? Pero ¿me estáis tomando el pelo? ¿Cómo habéis permitido todo esto?

—¿Cómo está *Saladin*? —preguntó Dan.

Amy le hizo un gesto para que la dejase en paz mientras Nella continuaba con su sermón.

—¡Menudas cosas se os pasan por la cabeza! ¡No os mováis de ahí hasta que llegue yo! Ya he reservado un vuelo a Moscú. ¿Donde estáis vosotros exactamente?

La niña echó cuentas en su cabeza: «De Moscú a San Petersburgo... una noche en tren probablemente». Era demasiado tiempo para esperarla.

—Estamos en San Petersburgo, pero tenemos que seguir adelante, Nella —respondió ella—. Esta vez tenemos que trabajar contrarreloj. No podemos quedarnos aquí sentados sin hacer nada en todo el día.

Amy vio que tenía una llamada en espera. Era Hamilton Holt.

—Escucha, Nella, tengo que dejarte. Ve a Moscú, nosotros te llamaremos en cuanto podamos. ¡Ánimo!

—¡De eso nada! No os mováis de...

Amy colgó el teléfono y respondió a Hamilton, que gritaba tan alto que Dan podía oírlo desde el otro lado de la habitación.

—¡Lo estoy viendo! ¡El escritor tiene los ojos clavados en él!

—¡Bien hecho, Hamilton! ¿Qué es? ¿Qué está mirando?

Dan se acercó silenciosamente a su hermana para poder oír mejor.

—¡Papá! ¡Lo haré yo!

Sonaba como si Eisenhower Holt quisiera arrebatarle el teléfono a Hamilton. Amy escuchó a Mary-Todd gritar algo.

—¡Eh! ¡Suelta esa parka!

Reagan y Madison discutían cerca.

—¡Está mirando al suelo! —gritó Hamilton—. Hay un montón de ladrillos y uno de ellos tiene una inscripción. Dice...

—¿Hamilton? ¿Qué dice?

—Dice «cuarto de juegos de Alexei», y hay un pequeño símbolo dibujado... Es una especie de gema de seis caras.

—No les habrás contado nada a los Kabra, ¿verdad?

—¿A esos idiotas? Ni de broma —respondió Hamilton.

—¡Bien hecho, Hamilton! ¡Lo has conseguido! Eh... espera a recibir nuevas instrucciones.

—¿Lo tenéis? ¡Papá! Pero... Esto se me está yendo de las manos. Se despide, Mili Holt.

Se cortó la comunicación y Amy corrió al otro lado de la habitación en busca de la guía de viajes.

—Esto confirma mis sospechas —dijo Amy, hojeando el libro y rebuscando entre las páginas.

Levantó la mirada. Los ojos le brillaban.

—Coge la mochila. ¡Nos dirigimos a la Villa de los Zares!

CAPÍTULO 8

A Amy Cahill ya la habían timado, espiado y traicionado miles de veces. También se habían aprovechado de ella en muchísimas ocasiones. Estaba hasta la coronilla de los taxistas.

—Tengo una idea mejor —dijo Dan, que se puso la barba de chivo de su disfraz y comenzó a caminar con una sonrisa en la cara mientras sujetaba su pasaporte y su tarjeta de crédito—. Necesito algo de efectivo. ¿Puede ayudarme?

Amy tuvo que contener la risa. ¿En serio creería su hermano que iba a conseguir dinero de verdad con esas pintas?

—La tarifa para las tarjetas americanas es de mil rublos —respondió el cajero. Mil rublos son aproximadamente treinta dólares, y para Amy eso era mucho dinero. Además, era el dinero de NRR, no el suyo, y acababan de pagar más de dos mil dólares de factura en el hotel.

—Me parece bien —respondió Dan—. Ah, y cóbrate mil más como propina ya que estás en ello. Yo querré cien mil para mí si la tarjeta lo acepta. La verdad es que he tenido unos gastos imprevistos y ya debo de estar cerca del límite.

Dan se reía de la situación, ya que a él no le importaba realmente, pero Amy conocía las consecuencias: cuando tuviesen que volver a casa, estarían a dos velas.

—Ah, está de suerte —respondió el hombre, que de repente era el mejor amigo de Dan—. En dólares estadounidenses tiene una liquidez de seis mil. Su posición global es de cuarenta y cuatro mil dólares libres de cargos. Aunque cada uno ya sabe los límites de su propio crédito, por supuesto.

—¡Cuarenta y cuatro mil dólares! —Dan se atragantó, sorprendido, y pidió unos cien mil rublos más, por si acaso. Se acercó a Amy y le susurró—: Si los rublos son como las canicas, entonces mi mochila va a pesar bastante.

El cajero contó los billetes en voz alta. El fajo, que era de unos siete mil quinientos dólares estadounidenses, era tan alto que se tambaleaba de un lado a otro mientras el empleado contaba, hasta que, por fin, colocó el último billete. A Dan se le salían los ojos de sus órbitas cuando recogió el dinero. Estaba tan satisfecho que acabó dándole otra propina de mil rublos.

—Muy amable, señor, es usted muy generoso. ¡Gracias! Le deseo a usted y a su joven amiga un buen día.

Amy se quedó boquiabierta cuando cayó en la cuenta de que, con el disfraz, Dan probablemente parecía mucho mayor que ella.

—¡Él no es mayor que yo! —gritó la muchacha, sin pensar.

Dan sonrió y se inclinó hacia el cajero.

—Ya sabe lo sensibles que se ponen las hermanas pequeñas. A veces se ponen imposibles.

—Tú sigue así —susurró Amy a su hermano—, y te juro que te arranco ese bigote de pacotilla de tu estúpida cara.

Una vez fuera del vestíbulo y ya en la calle, Amy acribilló a su hermano a preguntas:

—¿Qué narices tienes pensado hacer con todo ese dinero?

—Tengo un plan —respondió el muchacho.

—¿Un plan? Creo que estás comiendo demasiados caramelos y eso te está afectando al cerebro. —A Amy le ponía nerviosa llevar consigo grandes cantidades de dinero.

—Ahí está. Mira, es perfecto para nuestras necesidades —opinó Dan.

Dan estaba mirando a un hombre de mediana edad que salía de su coche. Era el coche más pequeño que Amy había visto en su vida. Era más bien como un cochecito de bebé. Además era azul, y eso sólo empeoraba las cosas, ya que era el color favorito de Dan.

—¡Es hora de empezar mi colección de coches! —exclamó el joven—. Vamos, esto va a ser genial.

—Eres mucho más bobo de lo que pensaba —protestó Amy—, que no es poco. ¿Te acuerdas del hecho de que ninguno de los dos sabe conducir?

Pero Dan dio media vuelta y llamó al hombre, que estaba totalmente calvo, tenía la corbata llena de manchas y parecía que llegaba tarde a un lugar importante.

—¿Cuánto pide por el coche? —preguntó Dan—. Tengo dinero y mucha prisa.

El hombre miró al niño de arriba abajo, fijándose en lo bajito que era, y soltó una carcajada.

—¡Estúpidos americanos! ¡Volved a casa!

—¿Ve esta mochila? —insistió Dan, persiguiéndolo—. ¡Está llena de dinero! ¡Hablo en serio!

La curiosidad pareció vencer al hombre, que se volvió hacia Dan.

—¿Cuánto hay? La Tartana Enana no es barata —respondió.

«¡Tartana Enana!», pensó Amy.

—Un seg...

—Ya vale —dijo Dan, interrumpiendo a su hermana—. Le daré... veamos... ¿qué le parecen veinte mil rublos?

Amy se atragantó y comenzó a toser haciendo un ruido raro, como si tuviese una bola de pelo atascada en la garganta. La idea de gastarse veinte mil de lo que sea le parecía una barbaridad.

—Treinta —regateó el hombre, jugueteando con su corbata y mirando a Dan de reojo.

El joven comenzó a sacar billetes de su mochila.

—¿Sabéis conducir coches rusos? —preguntó el hombre, sonriendo—. ¡Os enseñaré!

Dan le mostró también una sonrisa.

—Ha hecho usted un buen negocio.

Unos minutos más tarde, el calvorota, feliz como una perdiz, había cogido sus treinta mil rublos y había dado a Dan y a Amy una vuelta de cinco minutos en la Tartana Enana. No era mucho más grande que una nevera y sólo tenía dos marchas: rápido y despacio.

—Dejad la palanca hacia arriba mientras la Tartana no alcanza los cuarenta kilómetros, después movedla hacia abajo así. —El hombre sujetó la palanca de cambios y tiró de ella moviéndola unos treinta centímetros—. Ahora... cómo lo llamáis... ¿la embraga?

—El embrague —corrigió Amy, que ahora parecía más interesada en la Tartana Enana.

—Tu hermana pequeña es muy maleducada —dijo el señor.

—Yo también lo creo —respondió Dan, acariciándose la barba falsa. Amy pensó que iba a explotar.

El hombre señaló los pedales del suelo, frente al asiento del conductor.

—Ése es el freno y el otro es el acelerador. Fácil, ¿no?

—Parece bastante sencillo —dijo Dan. Amy aún no podía creer que acabaran de comprar un cochecito de bebé disfrazado de automóvil.

—Tengo prisa, llego tarde —dijo el hombre, dando palmaditas en su bolsillo para asegurarse de que el dinero seguía allí—. Tened cuidado. La Tartana Enana es bastante más rápida de lo que parece. Hará un hombre de ti. *Da svidanya!*

—No puedo esperar para conducir esto, colega —respondió Dan. Amy apretó los dientes. Odiaba que la llamase colega. No tenía ningún sentido.

Dan lucía una enorme sonrisa.

—¡Tenemos un montón de dinero y nuestro propio coche! Esto es increíble.

—Sí —respondió Amy—. Increíblemente estúpido.

Dan parecía herido.

—No es estúpido. Cada vez que utilizamos la tarjeta, NRR puede seguir nuestra pista. Ahora somos fugitivos: sólo pagamos en efectivo y tenemos nuestro propio coche. Imposibles de localizar.

Amy tenía que admitir que en eso tenía razón, pero de ninguna manera iba ella a permitir que su hermano pequeño de once años condujese un coche por toda Rusia.

—Échate a un lado, don Dinero. Que a mí me falta mucho menos para poder sacarme el carnet. Yo puedo hacer esto.

Dan protestó y protestó hasta que se le cayó el bigote, pero Amy no tenía intenciones de ceder. Se acomodó en el asiento del conductor, con los nervios a flor de piel.

Dan cambió su técnica y probó con un ataque ofensivo:

—¿Estás totalmente segura de poder hacerlo? Yo tengo experiencia por las calles de Rusia. Creo que deberías dejar que el exper...

—¡Cállate de una vez para que pueda concentrarme!

—Oh, vaya... estás totalmente preparada para conducir —dijo Dan, con ironía, abrochándose el andrajoso cinturón de seguridad.

Eso fue la gota que colmó el vaso. Amy ya estaba hasta la coronilla de su hermano. Giró la llave de contacto y el tubo de escape escupió una nube de humo. El motor comenzó a zumbar y se puso en marcha como si estuviese ansioso por correr entre el tráfico de la ciudad.

—Muy bien —dijo Amy, respirando profundamente y colocando el pie sobre el pedal—. Allá van treinta mil rublos.

La Tartana Enana circuló dando bandazos a unos cinco kilómetros por hora hasta que Amy le cogió el tranquillo y pisó el acelerador hasta llegar a diez. Poco después ya iba casi a treinta.

—Te gusta la Tartana, ¿verdad? —preguntó Dan—. Anda, déjame conducirla, por favor.

—¡Ni lo sueñes! —respondió su hermana—. Limítate a darme indicaciones y no me distraigas.

Dan refunfuñó, pero buscó en la guía y encontró un mapa de San Petersburgo muy manoseado. Una sonrisa floreció en el rostro de Amy. Cuando el cuentakilómetros llegó a los cuarenta, Amy sujetó la palanca de cambios, tiró de ella hacia abajo y la Tartana Enana se sacudió e hizo un ruido sordo.

—¡Vaya! ¡Si le gusta hacer cabriolas! —exclamó Amy.

La Tartana comenzó a zigzaguear a un lado y al otro mientras Amy buscaba el pedal del freno.

—Amy —dijo Dan—. Estás viendo el poste, ¿verdad? ¡Amy!

Dio un volantazo a la izquierda y evitó subirse a la acera por los pelos.

—¡Tranquila, Tartana! —gritó Amy, que por fin había encontrado el pedal del freno y lo había pisado suavemente en repetidas ocasiones hasta que tuvo el coche bajo control—. Creo que le estoy cogiendo el truco —opinó.

Amy miró a su hermano. Se veía tan abatido como cuando la tía Beatrice le había confiscado sus estrellas ninja. Sin embargo, él asumió su tarea y comenzó a darle direcciones y a hacerle preguntas sobre la marcha.

—Dime otra vez por qué vamos a esa villa de zares.

—Es la Villa de los Zares. En Rusia lo llaman *Tsarskoye Selo*, o sea, la Villa del Zar. Es a donde los Romanov iban de vacaciones.

—¿Y por qué estamos interesados en los Romanov de nuevo? —preguntó Dan.

—Fueron la última familia real de Rusia; ¿recuerdas que te conté que Rasputín influía mucho en ellos?

Amy se había incorporado a una enorme autopista e iba a unos sesenta kilómetros por hora. A medida que se acercaban a la Villa de los Zares, fue explicándole a su hermano todo lo que sabía sobre los Romanov. Le contó cómo los habían derrocado y enviado al exilio en la Villa. Un día eran la familia más importante de toda Rusia, y al día siguiente eran prisioneros. Amy estaba especialmente interesada en la joven gran duquesa Anastasia. Todo lo que había leído sobre ella le parecía fantástico. Anastasia fue educada como una niña normal, no como parte de la realeza, y era excepcionalmente encantadora. Además, era muy pícara, se pasaba el día vacilando a sus profesores y amigos.

—Le gustaba gastar todo tipo de bromas y, por lo visto, era muy buena trepando a los árboles más altos. Una vez se subía a un árbol, era casi imposible conseguir que bajase de él.

—Podríamos haber sido grandes amigos —opinó Dan.

—Pero fue víctima de una muerte horrible. Fue asesinada,

Dan. Todos ellos: su hermano Alexei y sus tres hermanas; y también sus padres. Un pelotón de ejecución fue a por ellos. Había balas volando por todas partes, rebotando incluso contra las paredes. Aun así, hay algo positivo, algo que creo que está relacionado con todo esto. Verás, mucha gente piensa que Anastasia no murió con el resto de su familia.

—¿Cuándo murió entonces?

—¿Quién sabe? Hay quien dice que, años más tarde, cuando fueron a examinar la tumba, su cuerpo no estaba allí.

—¡Genial! —exclamó Dan.

—¿Sabes qué pienso? Creo que Rasputín era un Cahill. Y que intentó salvar a Alexei y a Anastasia. Tal vez les diera aquello que él se había tomado para que fuese tan difícil matarlo. Primero a Alexei, para curarlo de su enfermedad, y después a Anastasia, para salvarla del ataque del pelotón de ejecución. Creo que por eso no consiguieron matarla.

Dan estaba callado y tenía los ojos como platos. Amy sabía que su hermano soñaba despierto con los superhéroes otra vez.

«Súper Dan. Eso es todo lo que necesito.»

Continuaron el viaje en silencio mientras San Petersburgo desaparecía a su espalda y el paisaje del campo comenzaba a hacerse más presente.

Las colinas que se extendían a ambos lados de la carretera les iban marcando el camino y, con las ventanillas abiertas, disfrutaban del aire fresco de la campiña.

—La villa fue uno de los últimos lugares donde jugaron Alexei y Anastasia. El cuarto de juegos de Alexei era una de sus estancias preferidas del palacio. ¿Y sabes qué más? Justo antes de que se la llevaran, en el último momento, Anastasia y sus hermanas escondieron sus más valiosas joyas. Las metieron en su ropa, para que nadie pudiese encontrarlas.

—¿Y cómo sabes tú eso? —preguntó Dan, con una mirada escéptica—. No irás a decirme que esa guía tiene una sección de objetos de valor escondidos.

—Lo encontré en Internet —respondió ella—. Eché un vistazo mientras tú dormías. Escondieron muchas joyas en las costuras de sus vestidos y pantalones. Hamilton Holt dijo que en la estatua de Dostoievsky había un dibujo de una piedra preciosa junto a las palabras «cuarto de juegos de Alexei». Creo que deberíamos mantener los ojos bien abiertos en busca de prendas de vestir en ese cuarto. Seguro que ahí encontraremos lo que estamos buscando.

A lo lejos ya se veía la Villa de los Zares, así que Amy comenzó a pisar el freno, reduciendo la marcha de la Tartana Enana, que comenzó a resoplar y a moverse más lentamente.

—Creo que es mejor que aparquemos la Tartana lo más lejos posible de los guardias de seguridad. No me gustaría nada volver y comprobar que la grúa se la ha llevado.

Estacionaron el coche y caminaron a lo largo de una prolongada hilera de jardines y lujosos edificios. Variadas y enormes fuentes adornaban el ambiente y el verdísimo césped que se extendía alrededor estaba recién cortado.

—Es un lugar bastante bonito para exiliarse —opinó Dan—. La verdad es que no parece exactamente una prisión.

—No tiene gracia —respondió su hermana. La Villa de los Zares era aún más espectacular de lo que Amy imaginaba. Había visto fotografías, pero no conseguían capturar la belleza de los interminables jardines y los preciosos edificios.

—Ese de ahí es el palacio de Catalina —explicó Amy, señalando un edificio que parecía no acabarse nunca.

—A los rusos les gustan los edificios grandes —respondió Dan. A él, el palacio de Catalina le parecía una casa de muñecas a gran escala. Era de color azul celeste y tenía columnas blancas y adornos dorados. Su altura era de unos quince metros y sería unas diez veces más ancho.

—Y ése es nuestro destino —informó la joven, con el dedo levantado, apuntando a la larga hilera de jardines en el centro de la villa—. El palacio de Alejandro. Vamos, cuanto antes entremos, antes saldremos.

El palacio de Alejandro era totalmente diferente al de Catalina. Antiguas columnas blancas de piedra se erigían ante las fachadas amarillas que parecían no acabarse nunca. La planta del edificio tenía una forma de U bastante pronunciada. Tras la carretera, la enorme explanada lucía un verde césped que iba a dar a un estanque resplandeciente.

—Espero que sepas adónde tenemos que ir —dijo Dan—. Este lugar es enorme. Podría llevarnos horas encontrar una habitación determinada.

—Lo tengo todo bajo control —respondió Amy. Había tomado notas en unos papeles que había encontrado en el escritorio del hotel. Sacó sus anotaciones del bolsillo—. Según una página de viajes que consulté en Internet, el cuarto de juegos de Alexei está en la segunda planta en el ala de los niños. Tenemos que atravesar la sala Crimson, que nos llevará hasta el Vestíbulo de Mármol y después al Vestíbulo de los Retratos...

Amy continuó leyendo elaboradas instrucciones hasta que llegaron a la arqueada puerta principal y entraron en el palacio. Un guía uniformado les sonrió y asintió.

—¿Podría indicarnos dónde está el cuarto de juegos de Alexei, por favor? —preguntó Dan.

—Por supuesto. —El empleado se volvió y señaló una amplia escalera—. Suba por ahí, atraviese el vestíbulo y gire a la izquierda. Es una habitación impresionante.

Amy guardó sus notas y miró a su hermano con el ceño fruncido.

—Engreído.

Pocos minutos después ya se encontraban en la sala de juegos más increíble que Amy había visto jamás.

—Ese niño sí que tenía suerte —opinó Dan—. Yo nunca saldría de este cuarto a menos que tuviese que comer o ir al baño.

El cuarto de juegos de Alexei era un espacio inmenso lleno de todo tipo de juguetes hechos a mano. Había una tienda india en miniatura en el centro de la habitación con dos canoas hechas a la medida de un niño justo enfrente. Un elaborado tren de juguete recorría toda la estancia de un lado a otro. Destacaban un enorme perro ovejero, barcos de vela y cajones llenos de bloques. El techo estaba plagado de aviones y planeadores, y las casitas de juguete se extendían a lo largo de toda una pared.

—No veo nada de ropa, ¿y tú? —preguntó Amy. La exhibición estaba diseñada de manera que los visitantes podían pasearse por el medio de la habitación, siguiendo una estrecha alfombra roja que salía por el otro lado de la sala.

—Vamos —dijo Dan—, echemos un vistazo más de cerca.

—¿Dónde están vuestros padres?

Amy estaba a punto de entrar cuando la voz la sobresaltó.

Se volvió y vio que el guía que se habían encontrado abajo los había seguido hasta allí.

—Los niños no pueden entrar sin sus padres, ya que la tentación les es irresistible.

Amy deseó que Dan se hubiera dejado la barba puesta, pero ahora ya era demasiado tarde.

Dan miró a su hermana y después comenzó a hablar.

—Es que estas vacaciones han sido tan... aburridas. Pero

mira, ahora hemos tenido suerte encontrándonos con algo tan genial. Es una pena que no podamos entrar.

Amy tomó el relevo y continuó.

—Nuestros padres están aún en el palacio de Catalina, mirando cuadros. Ah...

—¿No nos podría acompañar usted? —suplicó Dan.

El guía echó un vistazo al vestíbulo. Aún era temprano y el palacio estaba relativamente vacío. Nadie más parecía dirigirse a la sala de juegos.

—¡Las manos en los bolsillos, por favor! ¡No toquéis nada!

Amy y Dan, muy a su pesar, se metieron las manos en los bolsillos. El guía turístico entró en la habitación delante de ellos. Estaba enseñándoles los barcos cuando, de repente, un grupo de niños británicos muy alterados entró en la sala.

—¡Mamá! ¡Mira cuántos juguetes! —gritó uno de ellos que, como hipnotizado, salió corriendo hacia la tienda india.

—¡Detente! ¡Detente! ¡No salgas de la alfombra roja! —protestó el guía. Los padres trataron de intervenir, pero los dos niños corrían de un juguete a otro, sin que el guía pudiese atraparlos.

«Ésta es mi oportunidad», pensó Amy, observando la puerta de un armario. Dan se colocó frente a ella, tratando de cubrirla para ayudarla a escapar del caos del cuarto. Antes de que el guía pudiese volverse, Amy ya se había colado en el armario y había cerrado la puerta.

Todo estaba muy oscuro allí dentro, sólo se veía un pequeño haz de luz que entraba por debajo de la puerta. Amy comenzó a palpar a su alrededor y descubrió que el armario estaba lleno de ropa que colgaba de unas perchas. ¿Serían esas prendas las que llevaban aquellas niñas hace tantísimo tiempo? Sus dedos rebuscaban entre las suaves sedas y los lazos tratando de encontrar las gemas. Metió la mano en un bolsillo y se topó con algo muy duro. Era pequeño y redondo, sólido y firme, pero cuando se acercó el objeto a la cara, sintió un ligero escozor en la nariz.

«¡Una bola de naftalina!»

—¡Puaj! —susurró, soltando la bola blanca y redonda en el mismo bolsillo donde la había encontrado. Amy metió la mano en todos los bolsillos que encontró, pero allí no había nada más que naftalina y pelusas.

Entonces volvió a oír el sonido apagado de la voz del guía turístico.

—¿Dónde está tu hermana?

—Ha subido. Creo que me voy con ella —respondió Dan.

La vista de Amy comenzaba a habituarse a la oscuridad, pues ya llevaba dentro del armario un buen rato, estrujando cada una de las prendas entre sus dedos. No estaba segura, pero tenía la sensación de que el guía turístico aún estaba allí fuera, asegurándose de que cada cosa seguía en su lugar.

«¿Qué es esto?» Había llegado hasta el fondo del armario y estaba palpando las costuras del vestido de una niña. A gatas, y sin soltar el bulto que había encontrado, se coló entre la ropa y se acercó al vestido para examinarlo mejor.

En ese momento, el pomo del armario se giró y la puerta se abrió. Amy se quedó inmóvil escondida entre el montón de abrigos y vestidos. Pudo ver la silueta del guía turístico.

—¿Sería posible que me dejase ver el tren un poco más de cerca? Es que yo adoro los ferrocarriles.

—Por supuesto —respondió el guía—. Pero después tendré que buscar a los demás. A los niños malos habría que llevarlos atados con correas.

La puerta del mueble volvió a cerrarse y Amy pudo respirar

aliviada. Rasgó la costura del vestido y se sintió fatal por estropear un objeto tan precioso. Según tenía entendido, lo había llevado la mismísima gran duquesa Anastasia. La simple idea de poder dañar la prenda hacía que le temblaran las manos.

—¡Lo tengo! —susurró, frotando la suave piedra con los dedos. La metió en su bolsillo, volvió hasta la puerta y se paró a escuchar. Parecía que se habían ido.

—¿Dan? —susurró, abriendo ligeramente la puerta del armario y echando un vistazo a la sala a través de la rendija. La puerta se abrió de repente y Amy cayó hacia adelante, aterrizó sobre el duro suelo y se libró por los pelos de aplastar una casita de juguete llena de figuras en miniatura.

—¡Lo sabía! —exclamó el guía.

Dan entró en acción. Saltó sobre el enorme perro y gritó:

—¡Arre!

A Amy se le salieron los ojos de sus órbitas. Su hermano siempre estaba dispuesto a humillarse a sí mismo si las circunstancias lo requerían.

El guía, enfurecido, corrió hacia Dan. Amy dio media vuelta y fue a toda velocidad hacia la salida.

—¡Vamos, Dan!

El muchacho no se hizo de rogar.

—¡Más rápido! —gritó él—. ¡Está justo detrás de mí!

Amy y Dan salieron disparados escaleras abajo con el guía pisándoles los talones.

—¡No te pares, Amy! ¡Sigue hacia adelante! —ordenó Dan. Otros guías comenzaron a aparecer desde todas partes, pero Amy y Dan consiguieron alcanzar la puerta principal del palacio a tiempo. Salieron a la brillante luz de la soleada mañana rusa y continuaron su camino.

—¡Ni se os ocurra volver! —gritó el guía al que habían engañado, que se quedó echando chispas entre sus compañeros—. ¡Niños! ¡Acabarán conmigo!

Amy y Dan redujeron el paso y comenzaron a caminar para recuperar el aliento. Poco después, se retorcían de dolor de tanto reírse.

—Encontré un caramelo en uno de los bolsillos —dijo Amy—. Te lo he traído.

Le enseñó la bola de naftalina, pero Dan no se iba a tragar el cuento.

—¡Tú primero!

Amy se rindió y tiró la bola al estanque. Había conducido un coche por primera vez, había tocado la ropa de una princesa y había encontrado lo que buscaba... Había sido una mañana espectacular en todos los sentidos.

CAPÍTULO 9

El pulgar de Irina Spasky estaba sobre la tecla de «llamar» de su teléfono. Parecía que no se animaba a hacer la llamada. Suspiró profundamente y volvió a colocar el teléfono en el bolsillo de su fino abrigo. «Los Kabra pueden esperar», pensó, alejándose del palacio de Alejandro. Irina comenzó a caminar, tan sola como siempre, hacia el estanque que había al otro lado de las tierras del palacio.

Había visto a Amy y a Dan entrar en el lugar y ahora los veía correr hacia el cacharro que habían comprado. Habían estado riéndose y eso la molestaba. Eran dos mocosos muy felices. Ahora entrarían en su diminuto automóvil y seguirían así hasta que acabasen metiendo a Irina en el peor de los problemas. «Un doble agente Lucian. Quizá fuera un Madrigal.»

Habían encontrado algo en el palacio, eso era obvio. Entonces otro niño se le cruzó por la mente. Uno mucho más joven y rubio. «¿Por qué lo recuerdo mejor cuando era tan pequeño?»

No recordaba demasiado de los últimos días y menos aún del funeral. Todo se había desvanecido, todo menos el tiempo. Nunca olvidaría aquellas nubes bajas y opresivas ni la suave nieve que caía mientras descendía el ataúd. Desde entonces, había pasado tantos días y noches de soledad... Demasiadas horas para pensar. Había decidido que era un compromiso muy grande. «Cuando se pierde un hijo, se pierde el alma.»

Irina cogió el teléfono y esta vez no dudó en presionar la tecla.

—Por fin —respondió Ian Kabra, bruscamente—. ¿Hay algo por lo que debamos preocuparnos?

—Sí —confirmó Irina, que se había aproximado al estanque y estaba observando el agua cubierta de algas—. Están ayudándolos. Tiene que ser alguien importante entre los Lucian. Acaban de salir del cuarto de juegos de Alexei. Parece que conocen la conexión de la familia Romanov con nuestra rama.

—Asegúrate de que no se apoderen de ningún material delicado. Ya sabes lo que está en juego. Un paso más y tendrás que eliminarlos.

—Lo sé.

Irina permaneció en silencio, pero la tentación de ofender a Ian pudo con ella.

—Sabes que tu padre no sólo me castigará a mí —advirtió ella en un susurro, justo antes de colgar el teléfono.

Al menos aún no le habían pedido que hiciese algo drástico con los niños. Sacó un instrumento de su bolsillo y lo encendió. Una pequeña pantalla se iluminó.

—¿Adónde vais ahora, Amy y Dan Cahill? —dijo.

Irina ya había colocado las coordenadas del aparcamiento en el dispositivo. Un satélite distante le mostró las imágenes a través del artilugio, acercándose cada vez más hasta que pudo ver la parte superior del cochecito azul.

—No está nada mal —opinó Irina, satisfecha con el útil instrumento que los Lucian acababan de poner en uso. El coche se veía borroso y había detalles que no se podían apreciar, pero estaba claro que aquél era el diminuto techo del vehículo.

«Esto será más fácil de lo que pensaba.»

Irina subió a su coche y comenzó a perseguir el puntito azul de su pantalla. Dos minutos más tarde, el diminuto automóvil tomó una calle a la derecha.

—Salen de la carretera principal —farfulló ella, mientras veía a Amy y a Dan alejándose de la autopista—. Sois una caja de sorpresas.

Pocos minutos después, Irina ya los había alcanzado e, inesperadamente, se encontró a sí misma en un camino de tierra. Ya no necesitaba la ayuda del satélite porque estaba casi adelantando el diminuto coche. No tenía intención de aproximarse tantísimo a ellos y estaba claro que no quería que la viesen. Aun así, la calle era estrecha, estaba rodeada de cultivos y su coche era grande. Lo peor de todo era que Amy y Dan se habían detenido y estaban dando la vuelta.

«Esto va a ser muy difícil», pensó Irina mientras el cochecito se iba acercando. Iba demasiado de prisa, como si el conductor estuviese planeando chocar contra ella a toda velocidad. Irina puso la marcha atrás y comenzó a deshacer su camino por el sendero de tierra.

—¡Parad, maníacos! —gritó. Su coche comenzó a culear violentamente, chocó contra el saliente de una enorme roca y se puso a girar sobre sí mismo hasta llegar a mitad del campo arado.

La Tartana Enana se aproximó a Irina y, con un chirrido, se detuvo de repente. El conductor era un hombre con barba gris cuya sonrisa revelaba la falta de un diente frontal.

—¡¿De dónde ha sacado ese coche? ¿Adónde han ido?! —gritó Irina en ruso, con la ventanilla bajada.

El hombre asintió entusiasmado, lo que llevó a Irina a pensar que no había entendido las preguntas que le había hecho. La ex espía echó un vistazo al asiento trasero y comprobó que estaba vacío.

—¡Respóndeme, idiota! —chilló.

El insulto pareció molestar al conductor y su sonrisa se evaporó.

—Unos americanos —explicó—. Me dieron diez mil rublos y este coche a cambio.

—¿A cambio de qué? —preguntó Irina, enfurecida.

—De mi camión —respondió el hombre.

—¿De qué color era el camión? ¿Por dónde se fueron? *Skazhi!*

Irina debería haber sabido que ésa no era la forma más adecuada de tratar a un viejo granjero ruso, aunque él no parecía afectado por el tono de enfado de la mujer. Tenía la mirada fija en los campos, como si se tratase de un hombre de hierro.

Irina metió la mano en su bolsillo y sacó un pequeño revólver. El tic de su ojo denotaba su gran enfado, pero cuando volvió a mirar el coche, los dos ojos se le abrieron como platos. El viejo granjero había pisado el pedal hasta el fondo y había salido disparado, dejando una enorme nube de humo y barro tras de sí, que se coló por la ventanilla del coche de Irina, aún abierta.

El barro aterrizó directamente en la cara de la ex espía. Ella metió la marcha y pisó el acelerador con fuerza, pero las ruedas resbalaron en la blanda tierra arada y se quedaron enterradas allí.

Se había quedado encallada. Irina tosió y escupió, tratando de expulsar todo el barro que tenía en la garganta, pero la

EL CÍRCULO NEGRO

mugre de sus ojos y su boca no era tan oscura como la horrible verdad.

«Los he perdido.»

—¿Crees que la hemos despistado de verdad? —preguntó Dan. Había sido idea suya pedir ayuda al granjero que caminaba por el camino de tierra. La mochila llena de dinero de Dan estaba resultando ser bastante más útil de lo que él había imaginado.

—No tengo ni idea, pero no creo que pueda aguantar mucho más tiempo aquí. El maletero de la Tartana Enana es como un buzón y, encima, te apestan los pies.

—Perdona que te lo diga, pero son tus pies los que atufan, no los míos —respondió Dan.

Amy olfateó a su alrededor.

—En realidad, creo que es el granjero, parece que le hace falta un buen baño.

La Tartana Enana redujo la velocidad y giró a la derecha. Unos segundos después se detuvo y el maletero se abrió.

—¿Me pagáis ahora?

—Te pagamos ahora —respondió Dan, saliendo del maletero y observando los alrededores. Amy salió después de su hermano y echó a correr hacia el asiento del conductor antes de que él pudiese acercarse. Buscó los ojos del muchacho en el espejo retrovisor y le sacó la lengua.

Cuando Dan entró en el coche después de pagar al granjero, ponía la misma cara que cuando lo obligaban a comer coles de Bruselas.

—La próxima vez, será mejor que pidamos ayuda a alguien que no se pase el día rodeado de estiércol —sugirió Amy. Los dos bajaron las ventanillas y Amy pisó el acelerador mientras el anciano deambulaba por los campos contando su dinero.

Amy pisó cuanto pudo el acelerador de la Tartana y voló hacia el aeropuerto de San Petersburgo, pues había asumido que su próximo destino sería una de las ciudades no siberianas de su lista: Moscú o Ekaterimburgo.

Mientras el cochecito seguía su camino, Dan saltaba en su asiento con cada bache, sujetando la piedra de color miel que Amy había encontrado en el armario de Alexei. Era ovalada, plana y mediría unos cinco centímetros: tenía la forma idónea para lanzarla al agua y hacerla rebotar.

—Dudo mucho que después de tantos años nadie hubiera encontrado esto —dijo Dan—. Seguro que NRR lo colocó ahí para nosotros.

—Yo también lo creo. Ojalá la pista fuese un poquito más clara. No nos está poniendo las cosas demasiado fáciles.

—Parece que no está de broma.

Dan miró detenidamente cada uno de los elementos de la piedra y trató de relacionarlos entre sí. Éste era el tipo de cosas que solían dársele bien.

—Un montón de huesos, el número 83, una flecha y las letras M y S separadas con una coma. Bastante enigmático, la verdad.

—¿Y la flecha está apuntando hacia la M y la S o se aleja de las letras? —preguntó Amy.

—Se aleja de las letras y apunta a los huesos —respondió su hermano—. Ahora que me fijo, tienen grietas. Estos huesos están rotos.

Amy pisó el freno con fuerza y la Tartana Enana zigzagueó por el arcén de la carretera. Los coches de detrás comenzaron a pitar y Dan casi se golpea la cabeza contra la luna delantera.

Los conductores que se cruzaban con ellos les gritaban insultos y tocaban el claxon insistentemente. Amy trató de recuperar el aliento. Habían estado muy cerca de tener un accidente y se sentía conmocionada.

—¡Por tu culpa casi salgo volando a través del cristal! —gritó Dan.

Entonces se le iluminó la mirada y dijo a su hermana:

—¿Me toca conducir?

A unos cincuenta metros había una calle bordeada de árboles que parecía mucho más tranquila que la autopista de dos carriles. Amy puso la Tartana en marcha y, muy despacito, cogió la curva a la derecha y siguió unos doscientos metros antes de dar media vuelta y aparcar el coche. Por fin se había calmado lo suficiente como para poder hablar.

—Siento lo que ha pasado. Obviamente, parece que aún no estoy preparada para tomar el volante. Tenemos que deshacernos de esto antes de que alguien se haga daño. Pero tengo una buena noticia: ya sé qué significa el mensaje. ¿Dónde está la guía?

—¿Puedo conducir yo ahora? —preguntó Dan, otra vez.

—Ni de broma.

—¡Vamos! ¡Déjame conducir! ¡Por favor!

Durante unos treinta segundos, Dan preguntó más o menos nueve veces si podía conducir él antes de entregar la guía a su hermana. Amy la abrió en Siberia, en una página con una foto que le había interesado.

—Verás, hace mucho tiempo, cuando tenían campos de trabajo en esas zonas de Siberia, enviaron a muchos presos políticos a trabajar en esta carretera. Era larga, muy larga, y el trabajo era extenuante. En ocasiones, cuando los prisioneros morían mientras trabajaban, utilizaban sus huesos para construir la carretera.

—La Carretera de los Huesos —dijo Dan—. Es bastante desagradable incluso para mí.

—Pero es totalmente real. ¿Ves?

Amy le mostró la fotografía, en la que había hombres con palas y otros instrumentos de pie en medio de la nada frente a una larga calle blanca que se extendía detrás de ellos.

—A Hamilton le va a encantar. ¡La Carretera de los Huesos! ¡Es imposible inventarse algo así!

—La M y la S de la piedra deben de ser las iniciales de Magadán, Siberia. Es uno de los lugares que aún nos quedan por visitar.

—Y la flecha apunta hacia los huesos. Así que si alguien sale desde Magadán y conduce ochenta y tres kilómetros por la Carretera de los Huesos, ¿es posible que encuentre algo?

—Exactamente —dijo Amy.

Dan sujetó la piedra bajo la luz una vez más y volvió a examinar las inscripciones. Tenía sentido. Huesos rotos, el número 83 y la flecha que se alejaba de las letras.

—Será mejor que llamemos a Hamilton —dijo Dan.

Amy marcó los números en el teléfono de Nella con la esperanza de que su primo estuviese pendiente del móvil y no holgazaneando por ahí o peleándose con los Kabra. El muchacho respondió tras la primera señal.

—¿Eres tú, Amy? —respondió Hamilton—. Espero que haya algo que podamos hacer, mi padre se está aburriendo tanto que ha empezado a tirar piedras a los pájaros. Cree que estamos ante una misión imposible.

—¡De eso nada! —dijo Amy—. Y tú estás haciendo un buen trabajo. Tienes que llegar a Magadán lo más rápido que puedas.

—En ese caso estamos de suerte —respondió el joven Holt.

—¿Qué quieres decir?

—Hemos tenido que abandonar Omsk. Ese lugar no era nada amigable para los Holt. Así que me imaginé que probablemente me necesitaríais en Magadán, porque ése es el otro lugar de la lista que me habíais asignado. Cogimos el avión anoche y ya estamos aquí. El problema es que los Kabra aún nos siguen. Esos tipos son como un chicle pegado a un zapato: no se te despega ni de broma.

—¡Hamilton! ¡Eres un genio! —respondió Amy.

—Por fin alguien se da cuenta.

Amy activó el altavoz del móvil.

—¿Adónde queréis que vaya? ¿Qué pista tenéis? —preguntó el muchacho.

Dan hizo los honores, a lo que Hamilton respondió entusiasmado:

—¡Estáis de broma! ¿Existe de verdad? ¿La Carretera de los Huesos? ¡Genial! Dan, te noto algo celosillo... Ni se te ocurra fingir que no.

Dan estaba tan frustrado que quería arrancarse los pelos de la cabeza. No podía conducir la Tartana Enana, no podía ir a la Carretera de los Huesos... ¡lo estaban dejando de lado!

—Ponte manos a la obra, Hamilton —dijo Amy—. Estaremos a la espera de tu llamada. Ten cuidado con los Kabra, son despiadados y harán cualquier cosa por detenerte.

—No te preocupes, Mili se encarga de todo. Os llamaré en cuanto tenga noticias.

Se perdió la conexión.

Dan, nerviosísimo, esperó sentado en su asiento mientras su hermana trataba de reunir el coraje para poner en marcha la Tartana otra vez. Iban de camino a Moscú o a Ekaterimburgo. Fuese donde fuera, estaban muy cerca del final de su búsqueda. ¡Menos mal! Según el reloj sólo les quedaban ocho horas.

Amy saltó asustada cuando sintió el teléfono vibrando en su mano. «Número desconocido.»

—¿Hola?

—Hola Amy, soy Ian. ¿Has estado pensando en mí?

La voz sedosa de Ian le provocaba escalofríos que le recorrían todo el cuerpo.

—¿Qué quieres? Oh... un momento... ¿cómo has conseguido este número?

—Estoy preocupado por ti. Estás perdiendo el control demasiado, cariño. Deberías andarte con más ojo a la hora de confiar en la gente.

—¡Sé que a ti y a tu hermana os puedo borrar de mi lista! ¡Y no me llames cariño!

—Mira, Amy, he tratado de jugar limpio. Es muy divertido perseguiros a ti y a tu hermano, pero hay algo que deberíais saber.

—¿El qué? —dijo Amy, tapando el micrófono del teléfono para decirle a su hermano de quién se trataba. Dan se metió el dedo hasta la garganta y comenzó a fingir que vomitaba.

—Tu equipo está por detrás de los demás y ya no tenéis ninguna posibilidad —respondió Ian—. No querría herir tus sentimientos, pero ya se han encontrado muchas pistas, incluso la que tú estás buscando.

—¡Mentira! —exclamó Amy—. Ni siquiera sabes adónde nos dirigimos. Yo sí que sé adónde vas tú. Has de saber que estás a más de cuatro mil kilómetros de lo que buscas. Sorprendente, ¿no?

Hubo una ligera pausa en la conversación; después se oyó una clásica carcajada Kabra: maliciosa y casi imperceptible.

—Oh, Amy, si supieras la verdad... Luego no digas que no te lo advertí.

Ian colgó el teléfono y Amy arrancó la Tartana Enana. Estaba tan enfadada que pisó con fuerza el acelerador y, olvidándose por completo de su miedo a conducir, hizo que el coche saliese disparado.

—Miente. No tienen más pistas que nosotros, ¿verdad, Dan?

Dan no la miró a los ojos. Los dos hermanos permanecieron en silencio durante el resto del viaje.

CAPÍTULO 10

—Por aquí —susurró Reagan Holt—, no hagas ruido o nos descubrirán.

Contra su tendencia natural, Eisenhower Holt continuó su camino silenciosamente como si fuese un ratoncillo, por más que su enorme cuerpo estaba mejor diseñado para embestir a alguien por la espalda y hacerle tragar asfalto.

—¿Has visto a alguien? —preguntó él.

—No, creo que se han ido por aquí.

Reagan asomó la cabeza por la esquina de un edificio de color azul que llevaba cincuenta años pidiendo a gritos una mano de pintura. Ella y su padre iban persiguiendo a dos personas por una calle llena de agujeros y bordeada de edificios en ruinas.

—¿Por dónde se han ido? —dijo Eisenhower con su vozarrón—. ¡Son como dos gatos! ¡Increíblemente escurridizos!

—Papá, ¿podrías bajar la voz, por favor? ¿Conoces el significado de «susurrar»?

Eisenhower Holt estaba a punto de replicar cuando de repente se vieron atacados por la retaguardia. El más grande de los agresores aterrizó sobre la espalda de Eisenhower y, con fuerza, rodeó su cuello con un brazo. Reagan y un asaltante no tan fuerte rodaban por el suelo sobre la tierra mientras Eisenhower giraba sobre sí mismo formando un enorme círculo con las piernas de su atacante, que volaban por el aire detrás de él.

—¡Ataque sorpresa! ¡Ya te dije que cerrases el pico! —gritó Reagan, en medio de una complicada pelea contra otra niña de su mismo tamaño exactamente.

—¡Yo te salvaré! —exclamó Eisenhower.

—¡Demasiado tarde! —gritó la persona a su espalda—. ¡Se acabó! ¡Fin del juego! —dijo agitando los brazos en el aire Mary-Todd, que acababa de aparecer como salida de la nada—. Esta ronda es de Hamilton y de Madison. Buen trabajo con lo del zigzag.

Mary-Todd Holt sacó un cuaderno de bolsillo ya gastado y escribió algunas anotaciones.

—Estás perdiendo tu posición, cariño. Puedes hacerlo mejor.

Eisenhower se había desplomado sobre el suelo, tal como hacía siempre que perdía la bandera. Hamilton, Reagan y Madison estaban encima de él. Cuando se levantó, se sacudió con todas sus fuerzas hasta que sus hijos cayeron unos encima de otros a sus pies.

—Te lo he dicho mil veces —repitió Reagan, enfurecida—, hay que ser sigiloso. Nunca los alcanzaremos si no aprendes a acechar como un minino.

—¡Mira el tamaño de mis armas! —gritó Eisenhower, señalando sus enormes y protuberantes bíceps—. Es difícil conseguir que estos muchachos se relajen. Adoran las peleas.

—Mi padre es un idiota —protestó Reagan—. Que alguien me ayude, por favor.

Eisenhower se llevó a Hamilton hacia un lado, rodeó sus

hombros con un brazo y comenzaron a caminar. Los dos juntos parecían dos rascacielos: sólidos y resistentes.

—¿Sabes algo de ellos? —preguntó. Sabía que ya era algo tarde para una charla de padre a hijo, pero aun así, nunca salían según sus planes.

—Hace unos minutos —dijo Hamilton, que comenzaba a ponerse a la defensiva—. Ya sé adónde hay que ir. Creo que ya falta poco.

—Sabes que nos estamos fiando ciegamente de ti, sería una desilusión monumental si nos tendiesen una trampa.

—Ni de broma, papá; no están mintiendo. Estoy seguro.

—Espero que así sea. Si tú fracasas, toda la familia fracasa, y ya sabes lo que pienso yo sobre los fracasados.

Se alejaron un poco más y Eisenhower dio unas palmaditas en el hombro de su hijo.

—Comprenderás que, cuando todo esto acabe, tendremos que traicionarlos. No podemos arriesgarnos a quedarnos detrás. Si una pista se cruza en nuestro camino, tendremos que guardárnosla para nosotros. Date cuenta de que, dado el caso, ellos harían lo mismo. Ni lo dudes. Se comportarán de la misma manera que lo hicieron sus padres en aquel apartamento.

—Papá... lo que yo estaba pensando es que... bueno, aún tenemos muchas pistas que encontrar antes de que acabe todo esto —explicó el muchacho, que parecía muy tenso—. Tal vez deberíamos aliarnos con ellos, ¿no crees?

—¿Te estás ablandando? —preguntó Eisenhower—. Esto es una competición, no una fiesta de pijamas. Cuando llegue el momento, cortaremos la cuerda y los dejaremos atrás. Fin de la discusión.

—Pero papá...

—¡He dicho FIN DE LA DISCUSIÓN! No te pases de la raya, jovencito. Tú haz tu trabajo que yo me encargaré del resto.

Cabizbajo, Hamilton no volvió a rechistar. Muy en el fondo del pecho de Eisenhower, su corazón también se estremeció. Pero había una serie de órdenes que no se podían evitar, si no la gente podría correr peligro, o incluso morir.

—Mi padre era aún más grande que yo —dijo Eisenhower, con los ojos clavados en su propia familia—. Era toda una montaña.

Eisenhower se quedó callado mientras los dos caminaban de nuevo hacia las gemelas; iba pensando en su padre. Su madre había muerto cuando él era muy joven y siempre había vivido sólo con su padre. En su infancia había habido mucho deporte, aunque no mucho más que eso, pero ya estaba bien. Simplemente lo estaba.

—¡A formar! —gritó Eisenhower—. ¡Nuevas órdenes!

—Parece que no hay manera de librarse de los Kabra —anunció Mary-Todd, señalando detrás de sí con un pulgar. Un lujoso coche negro había aparcado en un callejón y seguía allí, inmóvil, soltando humo por el tubo de escape.

—Pronto nos encargaremos de ellos —dijo Eisenhower, que miraba a su hijo con ojos de admiración y preocupación al mismo tiempo, tratando de elogiarlo lo mejor que podía.

—Dinos qué hay que hacer, ipso facto.

—Tengo un presentimiento sobre algo más —dijo Amy—. ¿Quieres oírlo?

Estaban sentados en el aeropuerto de San Petersburgo, esperando instrucciones de Hamilton. Dan trataba de resistir la tentación de acercarse al quiosco de revistas para comprar aperitivos.

—¿Puede esperar hasta que vuelva a llenar la mochila de provisiones?

Amy puso los ojos en blanco.

Mientras caminaban, la joven comenzó a explicar qué se le había ocurrido:

—Todo lo que hemos encontrado hasta el momento estaba tallado o esculpido, ¿verdad? Primero era la pequeña habitación en el pisapapeles, después la figurilla de Rasputín, luego aquel escudo tallado en la madera y pintado, y finalmente la piedra con los huesos rotos. Son todas intrincadas piezas de arte.

Entraron en la tienda y Dan comenzó a examinar los estantes.

—Y el color siempre es el mismo, un naranja parecido al de la miel —continuó Amy—. El pisapapeles era de un naranja oscuro, igual que la figura de Rasputín. La serpiente era naranja y la piedra también. Al principio pensaba que sería parte de la cultura rusa, pero ahora creo que probablemente signifique otra cosa.

—Ya veo... —dijo Dan, que estaba bastante distraído escogiendo sus caramelos—. ¿Y qué crees que quiere decir?

El muchacho llevaba los brazos rebosantes de bolsas de patatas, chicles y caramelos. Se acercó hasta la caja y lo colocó todo sobre el mostrador.

Amy se inclinó hacia él y le susurró:

—Creo que cuando NRR habla de «la cámara», se refiere a la Cámara de Ámbar.

—¿Qué es eso? —preguntó Dan.

—Novecientos rublos —anunció la cajera.

Pagaron, metieron la mayor parte de la compra en la mochila y continuaron caminando. Amy abrió un bombón mientras Dan devoraba una chocolatina.

—Es una habitación hecha de ámbar.

Dan no reaccionó lo más mínimo, así que su hermana continuó con su explicación.

—Ya sabes, ese material de donde sacaron el ADN del dinosaurio en *Parque Jurásico*. Esa habitación era espectacular: pared tras pared, todas talladas con diferentes relieves. Era un tesoro incalculable. ¿Y sabes dónde estaba? En el palacio de Catalina, en la Villa de los Zares.

—¡Acabamos de estar allí! ¿Por qué no me lo dijiste? A lo mejor habríamos encontrado algo importante —protestó Dan, escupiendo trocitos de los caramelos que tenía en la boca.

—Habría sido una pérdida de tiempo. Los nazis robaron la Cámara de Ámbar en la segunda guerra mundial y nunca se supo nada más de ella, desapareció completamente. Aunque algunos piensan que después de la guerra la habitación regresó a Rusia a escondidas.

—¿Cómo se pierde una habitación?

—Son unos cuarenta y cinco metros de paredes, para ser exactos. Fueron empleados seis tonos diferentes de ámbar —explicó la joven, utilizando la vocecilla de profesora que tanto taladraba las orejas de Dan.

—Entonces supongo que la Cámara de Ámbar, si eso es lo que realmente estamos buscando, se encontrará en Moscú o en *Noséquéburgo* —opinó Dan.

—Ekaterimburgo —corrigió Amy, metiéndose otro bombón en la boca.

—Pues eso. Quiero decir que ojalá no esté en Siberia con los Holt.

Brrrrrrrrrr. Brrrrrrrrrr. Brrrrrrrrrr.

Tanto Amy como Dan se habían quedado dormidos en el

aeropuerto cuando el teléfono de Nella comenzó a vibrar. Después del cuarto zumbido, Dan se despertó. El móvil estaba sobre la mochila, entre los dos hermanos.

—¿Diga? ¿Eres tú, Hamilton?

—¡Geniaaaaaal! —gritó alguien. Dan se separó el teléfono de la oreja y Amy, ya despierta, comenzó a desperezarse y a frotarse los ojos.

—Nos hemos quedado dormidos —dijo ella.

—¿No me digas? —dijo él—. Tengo a Mili aquí al teléfono, parece que tiene la adrenalina por las nubes.

—¡Hamilton al habla! Mi padre acaba de relevarme al volante, nos estamos turnando para conducir este bicho. ¡Es increíble!

—¿De qué estás hablando? —preguntó el joven Cahill.

—¡No te lo vas a creer! ¡Estamos conduciendo un camión Kamaz por la Carretera de los Huesos! ¡Este chisme es como un tanque!

—¡Estás de broma! —exclamó Dan—. ¿Un camión Kamaz? ¿Me estás vacilando? ¡Es todo un clásico!

—¿Qué es un camión Kamaz? —preguntó Amy, que escuchaba atentamente.

—¡Es el Godzilla de todos los Hummers! ¡El Monster Truck ruso! Y por si fuera poco... es también un Transformer... algo así como... A ver, utilizan el mismo chasis madre gigantesco y construyen un monstruo de lo que sea sobre él... volquetes, camiones militares, autobuses todoterreno... ¡El Kamaz es una mole metálica de doce marchas ideal para cualquier época del año! ¿En serio no habías oído hablar de él?

—Entiendo... —respondió Amy.

—¡Yo debería estar al volante de esa máquina! —gritó Dan al teléfono.

—Duele, ¿verdad? —respondió Hamilton.

Amy agarró el teléfono.

—¿Qué está pasando? ¿Dónde estáis?

—Estamos volviendo. Ya hemos llegado al kilómetro ochenta y tres, y mucho antes que los Kabra. Ellos tocaron fondo quince kilómetros atrás. Reagan quería ayudarlos cuando pasamos por delante, pero papá dijo: «Mejor que llamen a la grúa». ¡Un Kamaz! ¡Increíble!

Dan se tapó los oídos. No podía soportar el hecho de que Hamilton Holt se lo estuviese pasando tan bien mientras él estaba tan aburrido, allí sentado en el aeropuerto.

—¿Qué habéis encontrado? ¿Hamilton? ¿Estás ahí?

La Carretera de los Huesos estaba bastante aislada, así que había muchas interferencias en la línea y parecía que de un momento a otro se fuera a perder la conexión.

—Hamilton, atiéndeme. Te oigo muy mal. ¿Qué has encontrado? ¡Se nos va a acabar el tiempo!

—¡Ah, sí! ¡Casi lo olvido! No fue difícil encontrarlo una vez allí, la verdad. Esta cosa estaba allí, justo al lado de la carretera.

Dan se dio cuenta de que Amy estaba a punto de explotar al ver que Hamilton no arrancaba.

—¿QUÉ había allí al lado de la carretera?

—¡Oh! ¡Tenemos problemas! Son los Kabra y no parecen demasiado contentos. ¿Qué narices...? ¡Imposible!

Un enorme crujido salió por el altavoz del teléfono. Incluso Dan pudo oírlo.

—¡Mi padre acaba de aplastar el coche pijo de los Kabra con nuestro supercamión! ¡Es increíble! ¡Tenéis que verlo! Qué es... oh, no... ¡eh!

—¡¿Qué... había... allí?! —gritó Amy, mirando a Dan—. ¿Qué es «oh, no»? ¿A qué viene ese «oh, no»?

Se oyeron varios ruidos y después Mary-Todd comenzó a hablar por el aparato.

—Hola, Amy ¿qué tal? Hamilton y su padre están... bueno están en medio de un pequeño altercado con un par de enormes... oh, vaya... eso ha tenido que doler. ¡Utiliza tu gancho, Eisenhower!... Lo siento, querida. Te contaré qué hemos encontrado. Había una estaca en la tierra a un lado de la calzada, al pie de la señal que marca el kilómetro ochenta y tres. Estaba clavada a gran profundidad, pero mi fortachón, el señor Holt, consiguió sacarla. Tiró de ella con tanta fuerza que ahora tiene toda la espalda agarrotada, por eso Hamilton ha tenido la suerte de conducir este camión. Se han estado turnando. En fin, estaba pegada a una cosa muy extraña, no era un enorme bloque de cemento como se esperaría uno, sino que era una... bueno... una cabeza. No era de verdad, en realidad eso sería bastante desagradable, sino una escultura con forma de cabeza. ¡Bien hecho, Hamilton! ¡Enséñales lo que vales! Perdonadme, pero mi niño acaba de aplastarle la cabeza a uno de esos guardaespaldas con su... eh, con su cabeza. Me parece que voy a tener que llamaros más tarde para seguir charlando sobre esto. ¡A POR ELLOS, HOLT! ¡DADLES DONDE MÁS DUELE!

La línea se cortó.

—Tienen que estar de broma —dijo Amy.

Pasaron cuatro minutos hasta que el teléfono volvió a sonar.

—¡Han huido con el rabo entre las piernas!

Esta vez, Dan respondió el teléfono y Hamilton era el que llamaba.

—Mi padre camina con dificultad —dijo Hamilton—, pero él es fuerte. Mi madre y las gemelas están ayudándolo a subir.

Escuchad, para poder ayudaros tengo que romper las reglas. A mi padre no le hace demasiada gracia que os cuente qué hemos encontrado. Chicos, ¿puedo fiarme de vosotros? Es decir, ¿puedo fiarme de verdad? Si me dais gato por liebre, tendré que vérmelas con mi padre.

—Puedes confiar en nosotros... Te lo prometo.

Lo más extraño de todo era que Dan estaba diciendo la verdad. Algo en su interior le decía que no iba a ser capaz de traicionar a Hamilton después de todo lo que había hecho por ellos.

—Éste es el trato —comenzó Hamilton—. No es que me vaya la historia ni nada de eso, pero conozco esta cabeza. Incluso mi padre conocía esta cabeza, después de todo el tiempo que llevamos en este país. Se trata de ese tipo, Lenin, el que comenzó la Revolución rusa.

—¿El de las barbas de chivo?

Hamilton continuó hablando de sus hazañas en el maravilloso camión y cómo habían encontrado esa cabeza tan impresionante, pero no tuvo demasiado tiempo, pues Amy le arrancó a Dan el teléfono.

—¡Pásanos la información, Hamilton! ¡Nos queda poco tiempo!

—Estupendo —protestó el joven Holt—. Me toca hablar con la mandona. Coge un bolígrafo, que te voy a dictar lo que pone en la cabeza de Lenin.

—Estoy lista —dijo ella, que estaba provista de un cuaderno y un lápiz y preparada para escribir todo lo que saliese de la boca de Hamilton.

—PEK PAL4 F3 P1 45231 P2 45102 P3 NRR.

—¿Estás seguro de que no hay errores? —preguntó Amy.

—¡Completamente! ¡Deja de fastidiarme! ¿Qué hacemos ahora?

Amy miró a Dan y éste se encogió de hombros.

—Eh... habéis hecho un gran trabajo ayudándonos. Vuelve a Moscú. Nos pondremos en contacto contigo en cuanto sepamos algo más.

—Corto y cierro —respondió Hamilton.

Amy miró a su hermano.

—¿Estás listo? Tú y yo vamos a colarnos en el Kremlin.

CAPÍTULO 11

Ian Kabra no podía decidir qué era peor: quedarse tirado en medio de una carretera de huesos o tener que aguantar a su hermana pequeña.

—¡Mírame! ¡Esto es un completo desastre! —chilló la muchacha.

Ian trató de disimular una sonrisa. Natalie tenía las medias rotas, sus zapatos de diseño estaban llenos de rozaduras y necesitaban un buen arreglo y su habitual pelo lacio y brillante parecía recién salido de un tornado. Ian sabía que él tampoco había tenido suerte: estaba lleno de magulladuras y cardenales después de haberlo dado todo en esa pelea con los Holt.

—Esta búsqueda de pistas es estúpida. ¡Estúpida, estúpida, estúpida! —exclamó Natalie, con una voz particularmente aguda desde el pequeño asiento trasero de su destrozado coche de lujo. El conductor estaba al teléfono tratando de ponerse en contacto con una compañía de remolques y tocando con mucho cuidado su nariz rota.

—Ese fortachón es más rápido de lo que parece —opinó Ian, tratando de tranquilizar el ambiente—. Odiaría encontrármelo cuando tenga mejor la espalda.

—Asúmelo, Ian, hemos fracasado. Nos han destrozado el

coche, estamos aquí tirados sobre una carretera de huesos de plebeyos y atrapados en Siberia. ¡Quiero irme a casa!

Era la gota que colmaba el vaso. Ian no podría soportar un segundo más encerrado en un espacio tan pequeño con Natalie. Salió del coche y comenzó a caminar, marcando unos números en su teléfono. Se oyeron cinco tonos antes de que el muchacho colgase, al ver que su padre no respondía. Como siempre. Volvió a llamar. Esta vez, después de tres tonos, Irina Spasky respondió la llamada.

—Estoy ocupada —contestó bruscamente.

—Nuestro día no está yendo tan bien como esperábamos. Espero que tú tengas mejores noticias.

—¿No habéis podido con los Holt? No sé por qué, pero no me sorprende.

Ian no se dejó distraer por las críticas, sino que reunió todas sus fuerzas, respiró profundamente y prosiguió.

—Tienes que deshacerte de ellos. Están cooperando con los Holt y estoy casi seguro de que ya tienen otro mensaje. Dan y Amy están demasiado cerca.

Por alguna razón, el rostro de Amy y su estúpido tartamudeo aparecieron en su mente. Se detuvo.

—Que desaparezcan de Rusia.

Había escogido sus palabras muy cautelosamente. Oficialmente, no era una orden de asesinato, pero él sabía que Irina llegaría hasta ese extremo si así evitaba riesgos innecesarios.

—Estoy de acuerdo —respondió Irina finalmente.

—Infórmame de los detalles cuando hayas cumplido con tu tarea.

Irina apagó el teléfono. Ahora ya no había vuelta atrás.

El vuelo de una hora desde San Petersburgo hasta Moscú proporcionó a Amy y a Dan el tiempo que necesitaban para descifrar el código y preparar un plan. Llevaban sus disfraces puestos y esta vez habían decidido no quitárselos hasta haber terminado de explorar el Kremlin. No les pareció buena idea visitar el centro de poder ruso pareciendo dos niñitos que se habían apartado de sus padres.

Amy había asumido inmediatamente que la cabeza de Lenin era una referencia al Kremlin, donde aún se exhibe el cuerpo embalsamado del líder de la Revolución rusa, décadas después de su muerte.

Esta vez, para averiguar el significado del código, iban a necesitar tanto las habilidades de Amy como las de Dan. A ella no le llevó mucho tiempo descifrar la primera parte. Estaba completamente segura de que PEK eran las iniciales del Palacio Estatal del Kremlin, una prestigiosa sala de conciertos en los vastos jardines del Kremlin. Dan fue el primero en sugerir el significado del resto de los números y letras.

—PAL4 F3 debe de ser una fila de asientos. La tercera fila del palco cuatro, para ser exactos —opinó Dan.

Amy asintió en señal de aprobación.

—En momentos así ya no pienso que cuando naciste te intercambiaron con mi verdadero hermano. El resto de números debe de ser una combinación o código. Me imagino que lo averiguaremos una vez allí.

Después de una carrera por el aeropuerto y un rápido viaje en taxi, Dan y Amy se encontraban justo enfrente del Palacio Estatal del Kremlin, con la guía abierta entre sus manos. Apenas les quedaban un par de horas y sus voces reflejaban una intensa sensación de urgencia.

—Vamos a necesitar subir a la parte superior —sugirió Amy.

Estaban observando el plano de ubicación del Palacio Estatal del Kremlin, donde la muchacha había señalado la fila tres de uno de los palcos.

La joven volvió a mirar su reloj.

—Nos quedan dos horas. Me parece que no vamos a conseguirlo.

—Lo conseguiremos —respondió Dan, dirigiéndose a la entrada del imponente edificio blanco.

Había un vestíbulo en la parte exterior de la platea, con varias puertas que conectaban ambas estancias. Las paredes estaban decoradas con innumerables piezas de arte. Los turistas examinaban detenidamente el espacio, aguardando para poder entrar y echar un vistazo. Faltaban veinte minutos para la siguiente visita guiada.

—Ésta es nuestra oportunidad —susurró Amy—. Vamos, colémonos mientras todo el mundo está por ahí distraído.

En un lugar escondido, en el corazón del mismísimo edificio donde se encontraban Dan y Amy, una persona observaba cada uno de sus movimientos.

«Estos niños tienen muchos recursos —pensó NRR—. Tal vez les dé tiempo después de todo.»

El misterioso personaje marcó un número en su teléfono y lo dejó sonar varias veces antes de que alguien respondiese la llamada.

—¿Es una línea segura?

—Esa pregunta no es digna de respuesta —respondió NRR.

—Está bien, está bien. Date prisa.

—Los veré dentro de poco. ¿Quieres que siga adelante según lo planeado?

Hubo un silencio. NRR estaba acostumbrada a ello. Su contacto era una persona precavida a la que le gustaba medir bien cada opción.

—Son extraordinarios, ¿no crees? Nadie puede decir que no se han superado a sí mismos.

—Entendieron desde el principio que no podrían superar la prueba trabajando solos —respondió NRR.

—Y el hecho de que hayan conseguido aliarse con un equipo como los Holt es simplemente excepcional. Realmente no pensaba que fuera posible.

—¿Seguimos adelante, entonces? —preguntó NRR.

—Por supuesto. Si consiguen llegar a tu despacho, llévalos a la cámara. Creo que ya están listos.

La llamada se cortó y NRR se volvió hacia las pantallas de vigilancia.

CAPÍTULO 12

Todas las puertas del teatro estaban cerradas, pero entonces apareció un conserje que iba empujando un contenedor de basura con ruedas. Dan no dejó pasar la oportunidad: empujó a su hermana delante del trabajador y ésta, al chocar contra el contenedor, tropezó en la rueda metálica y salió volando hacia adelante, cayendo sobre el suelo de mármol.

—¡Eres un monstruito! —gritó ella, roja como un tomate y olvidándose momentáneamente de que estaba visitando una de las salas de conciertos más opulentas de Europa, disfrazada de adulta.

Cuando se levantó, el hombre lucía una tonta sonrisa y trataba de no reírse. Murmuró algo en ruso que Amy supuso que sería algo así como «patosa irremediable»; después continuó su camino por el largo pasillo, moviendo la cabeza.

—¿Dan?

Amy miraba a todas partes, retocándose la ridícula peluca y las gafas, pero no había señales de su hermano.

—¡Eh! ¡Por aquí! —llamó él.

Amy se dio la vuelta y vio una puerta que conducía al teatro y que estaba lo suficientemente abierta como para que Dan pudiese asomar su barba de chivo.

—Entra antes de que nos vean.

Amy comenzó a caminar hacia atrás, disimuladamente, mientras un grupo de mujeres pasaba por delante de ella, charlando en voz baja en ruso. Cuando desaparecieron, ella ya estaba de espaldas contra la puerta. Dan la agarró del brazo y tiró de ella haciéndola entrar en la sala.

—¿Por qué tardas tanto?

La muchacha miró a su hermano con el ceño fruncido.

«Primero me empuja, después me arrastra y ahora me regaña.»

—Estás empezando a fastidiarme —dijo ella, preparándose para una discusión épica entre hermanos. Sin embargo, cuando se volvió hacia el escenario, su enfado se desvaneció. Amy adoraba el teatro casi tanto como los libros, y el Palacio Estatal del Kremlin no se parecía a nada que hubiera visto antes. El escenario estaba iluminado con luces azules que se iban apagando a medida que se hacía de noche en la escena. Había modelos a escala de edificios y una iglesia de estilo ruso al fondo. Se veía impresionante desde donde ellos estaban, como si se tratase de una escena de un cuento de hadas en el que Anastasia vuelve a la vida y Rasputín merodea por los bosques.

Largas hileras de asientos se alineaban en el centro del teatro, todas ellas vacías, esperando a los espectadores, que no llegarían hasta más tarde.

Dan guió el camino en la oscuridad a lo largo de la pared trasera del teatro.

—Los palcos están ahí arriba, así que la escalera no debe de andar demasiado lejos. Este lugar es gigantesco. Su aforo debe de ser de al menos seis mil personas.

Justo cuando comenzaron a subir la escalera, que estaba detrás de una cortina oyeron cómo se abría una puerta detrás de ellos. Amy se llevó el dedo a los labios, después miró hacia atrás y comprobó que un guardia de seguridad había entrado en la sala y que, para empeorar las cosas, llevaba consigo un enorme pastor alemán.

Dan hizo un gesto indicando el camino a su hermana y en poco tiempo ya habían subido la dorada escalera, atravesado el vestíbulo y encontrado el palco número cuatro. El muchacho comenzó a buscar la fila número tres y trató de imaginar qué significaría P1. Aún no se le había ocurrido nada cuando Amy notó que él se había quedado en blanco. La joven se agachó y echó un vistazo por el borde del palco. El perro estaba guiando al guardia hacia la escalera.

—¡Viene hacia aquí! —dijo Amy.

Se acercó a su hermano y, juntos, volvieron a leer el conjunto de letras y números del papel.

—Hay tres pes: P1, P2 y P3. A lo mejor se refieren a diferentes puertas.

—Es posible —respondió Dan. El muchacho releyó todas las letras y los números susurrando para sí. A veces ayudaba pronunciar las cosas en voz alta y escuchar—. PEK PAL4 F3 P1 45231 P2 45102 P3 NRR.

—¡Apresúrate, Dan! Ese perro no se anda con tonterías. Parece enfadado y hambriento y ya sabes qué quiere decir eso...

Dan caminó hasta la fila tres y se sentó.

—¿Qué estás haciendo? ¡No tenemos tiempo para descansar! ¡Haz algo!

—Estoy en ello —respondió él—. Creo que ya sé cómo funciona.

—¿Cómo funciona el qué? —preguntó Amy nerviosa. Ella buscaba un botón o una cerradura por el suelo, cualquier cosa que pudiese alejarlos del perro del guardia—. Busca un teclado o un panel escondido. ¡Haz algo útil!

Dan, tranquilamente, se levantó y se sentó en el siguiente asiento de la misma fila, el número cinco. Antes había estado en el cuatro. Después, se levantó y volvió a sentarse, esta vez en el número dos.

—En serio, Dan, ¿has perdido la cabeza?

—Yo creo que no —susurró él—. 45231 debe de ser el orden en el que hay que sentarse en los asientos de la fila tres. Déjame acabar.

Después fue al número tres, y luego caminó de nuevo hacia Amy.

—Ahora cuando me siente de nuevo, si no sucede nada, entonces estaremos en un buen lío.

Respiró profundamente y se dejó caer sobre la butaca. Se oyó un suave clic detrás de una cortina que cubría una pared al fondo del palco.

—Creo que sí has hecho algo —susurró Amy, que podía oír al pastor alemán olisqueando en lo alto de la escalera.

Dan y Amy corrieron hasta la pared, y cuando llegaron levantaron la cortina roja. Uno de los paneles que había allí se había deslizado tres centímetros, revelando una hilera de oscuridad detrás.

—*Kto tam?*

Amy casi salta del palco al oír la voz del guardia. Estaba ahí fuera, a punto de entrar, cuando Dan abrió el panel lo suficiente como para colarse por él. Amy lo siguió y la cortina cayó, así que la muchacha cerró el panel.

El pastor alemán aulló y olisqueó el palco de arriba abajo, incluyendo la cortina. Aun así, no encontró nada. Dan y Amy habían desaparecido.

—Lo mejor será seguir las luces —opinó Amy.

Ahora estaban en un pasillo largo y estrecho con luces incrustadas en el suelo en el centro de la galería. Las paredes y el techo eran negros, así que los niños sintieron que paseaban por el cielo de medianoche sobre una línea de estrellas. Avanzaron sigilosamente hasta llegar al final.

—Parece un ascensor —opinó Dan—. P2, o sea, puerta número dos.

Amy asintió en la oscuridad. Una hilera de cinco botones redondos rodeados por un círculo rojo brillaba y contrastaba con la pared negra del elevador.

—¿Recuerdas el orden? —preguntó la joven. Dan caminó hacia los botones y comenzó a pulsarlos uno a uno. Primero el cuatro, luego el cinco, después el uno, el cero y finalmente el dos.

Las puertas se abrieron a una velocidad sorprendente y Dan saltó hacia atrás, clavándole accidentalmente el codo a Amy en un brazo. Toda la pared trasera del ascensor estaba cubierta con un enorme retrato de la familia Kabra. Ian parecía particularmente arrogante.

—La verdad es que son todos unos engreídos, ¿no crees? —opinó Dan.

—Totalmente de acuerdo —respondió Amy.

Se miraron el uno al otro y Dan pudo ver que las manos de Amy volvían a temblar. La muchacha tenía una gran responsabilidad: puesto que era la mayor, debía asegurarse de que todo iba bien. A Dan le entró un inesperado sentimiento de culpabilidad.

—Lo estamos haciendo muy bien; lo sabes, ¿no? —dijo él.

Amy comenzó a sonreír, pero justo entonces el ascensor empezó a caer en picado. Ella consiguió agarrarse a una barandilla y se sujetó con todas sus fuerzas. Dan no tuvo tanta suerte; rodó de un lado a otro por el ascensor hasta que éste se detuvo repentinamente. Una vez más, se abrieron las puertas.

—Empiezo a tener la sensación de que este lugar está encantado —dijo Dan. Por alguna razón, el hecho de estar tan bajo tierra lo asustaba. Era como si estuviese atrapado en el pozo de una mina y se le estuviese acabando el aire—. ¿A qué distancia de la superficie crees que estamos?

Amy no respondió. Tenía los ojos clavados en la monstruosa puerta gótica que había seis metros delante de ellos, en la entrada de lo que parecía una cueva.

—Es como el mundo de *Dragones y Mazmorras* —opinó Dan.

—Es P3, la última puerta. Dan, creo que lo he encontrado. Hemos encontrado a NRR.

—Hemos descubierto mucho más que eso. Creo que estamos en una especie de fortaleza.

Amy salió del ascensor y Dan la siguió hasta que se detuvieron frente a una puerta de hierro y madera con un antiguo dial colocado en la superficie. Había un único problema. Los números estaban escritos en alfabeto ruso, en cirílico.

—Dame la guía de viaje —dijo Amy. Dan abrió su mochila y le entregó el libro a su hermana. Hojeó las páginas, tratando de recordar...

—¡Aquí! ¡Lo he encontrado! Es una relación de los números del cero al diez: salen nuestros números y los cirílicos.

—¿Estás segura? —preguntó él.

Todo lo relacionado con su viaje por Rusia les había olido a trampa y ahora acababan de entrar en una especie de guarida secreta de la que posiblemente no podrían escapar. Sin embargo, todo eso le daba igual a Amy, que tenía la certeza de que a su hermano tampoco le importaba. «Venid solos, tal como lo hicieron vuestros padres.» Las palabras retumbaban en su mente, guiándola hacia adelante.

—¿Y si papá y mamá estuvieron aquí? —susurró ella—. Tal vez estuvieron aquí mismo, tratando de descifrar esto. Es como si nos estuviesen llamando.

Dan asintió.

—Yo me siento exactamente así —dijo él.

—¿Quieres hacer los honores? —preguntó Amy.

—Por supuesto que quiero —respondió Dan. Examinó la lista durante unos segundos y comenzó a pulsar los botones.

—Cuatro... cinco... uno... cero... dos.

Cuando presionó el último botón, la cerradura se abrió y las bisagras de la puerta cedieron con un chirrido metálico. Detrás de la puerta se oyó una voz de mujer, que resonó en toda la habitación:

—Entrad. Os he estado esperando.

CAPÍTULO 13

—Este lugar es escalofriante —susurró Dan.

—To-to-totalmente —tartamudeó Amy. Allí no los esperaba nadie. Entraron en una pequeña habitación redonda decorada con una pintura muy elaborada que cubría todas las paredes y el techo, que era abovedado. No había más puertas aparte de la que se acababa de cerrar detrás de ellos.

—¿Adónde se ha ido? —preguntó Dan—. ¿Y cómo narices vamos a salir de aquí?

Amy encogió los hombros nerviosa, observando los intrincados frescos de las paredes que los rodeaban.

—Miguel Ángel podría haber pintado algo así.

—¡Eh! —dijo Dan—. Conozco a algunas de estas personas. ¡Ése es Benjamin Franklin!

Efectivamente, la figura, dotada de anteojos, se erigía sobre sus cabezas, sujetando la cuerda de una cometa y sonriendo al cielo.

—Estoy totalmente segura de que ése es Napoleón. Es lo suficientemente pequeño —añadió Amy.

—Ese de ahí tiene que ser Churchill —dijo Dan, examinando la redonda silueta de un hombre que hacía la señal de la victoria.

—Dan —dijo Amy, que tenía los ojos como platos—. Son todos Lucian. Todos y cada uno de ellos.

A Dan se le heló la sangre. Aquello sólo podía significar una cosa.

—Estamos en una fortaleza Lucian —susurró.

—Eso no es bueno —respondió Amy—. ¡Es muy malo! ¡Salgamos de aquí!

Pasó las manos desesperadamente por la gran superficie de la puerta, buscando un pestillo o un dial que pudiera liberarlos.

—¡Vamos, Dan!

Se oyó un ruido deslizante que provenía de una de las paredes. Dan se volvió y vio que uno de los paneles de la pared del fondo se había abierto. La pintura de Isaac Newton estaba frente a la puerta y su gesto parecía invitarlos a entrar.

La voz regresó. Era segura y suave como la seda.

—No os asustéis. No hay necesidad. Seguid las luces. Apresuraos, ¡antes de que os cojan!

Una hilera de luces empotradas en el suelo los iba guiando por un interminable vestíbulo, tal como había sucedido arriba. Estas luces, sin embargo, eran naranja y no blancas como las otras, y parecían no acabarse nunca.

—Seguid las luces hasta que lleguéis a la puerta número doce, a la izquierda. ¡De prisa! Estos pasillos nunca permanecen vacíos durante mucho tiempo.

—La voz debe de venir de un altavoz, ya que ella no está aquí —opinó Amy.

Los dos hermanos se miraron mutuamente por última vez y asintieron. No tenían elección. Avanzaron, el panel se cerró detrás de ellos y la estancia quedó más a oscuras que iluminada.

—¿Cuántas entradas hemos atravesado? —preguntó Dan,

pensando en lo encerrados que estaban—. Nos va a ser imposible salir de aquí.

Contaron las puertas hasta que finalmente llegaron a la número doce. En silencio, permanecieron frente a ella durante largo rato. Otra puerta se abrió en la distancia y los dos niños se quedaron inmóviles. Dan se volvió y vio una figura, unas siete u ocho puertas más allá, que caminaba hacia la salida. El panel se abrió lo suficiente para que la persona lo atravesase y después se volvió a cerrar.

—Probablemente sea algún ti-ti-tipo de agente —susurró Amy.

—Allá vamos —dijo Dan.

Vacilante, colocó la mano sobre el pomo.

—¿Estás totalmente seguro de que ésta es la número doce del lado izquierdo? —preguntó Dan—. Nos meteríamos en un buen lío si llamásemos a la puerta equivocada.

Lo último que Dan quería era toparse con uno de los agentes de traje oscuro y tener que enfrentarse a él.

Amy comenzó a dudar. Dan pudo ver que su hermana se estaba planteando volver al principio y contar las puertas otra vez para asegurarse, pero el panel del fondo volvió a abrirse.

Dan giró el pomo y los dos entraron en la habitación, cerrando la puerta de un golpe.

Estaban en lo que parecía una oficina normal y corriente. Había un enorme escritorio de madera de roble, una alfombra sobre un suelo de tablas y un enorme globo terráqueo. Un largo abrigo blanco colgaba en un perchero igualmente blanco y el escudo Lucian resplandecía sobre una de las paredes, cubriéndola de arriba abajo. La única cosa que les llamó la atención en la estancia fue la persona sentada detrás del escritorio.

Llevaba un traje blanco, que contrastaba intensamente con su cabello negro. Además, parecía que por su rostro no habían pasado los años. Dan no hubiera sabido adivinar su edad, podría tener tanto cuarenta como sesenta años, pues percibía la sabiduría de su interior, pero su rostro estaba inmaculado. Era preciosa, en un sentido ruso clásico. Amy la miraba como si la mujer fuese una reina.

—Hacéis que las cosas se vuelvan interesantes y eso me gusta. Por favor, sentaos —invitó ella.

Había dos sillas frente al escritorio y Dan y Amy hicieron lo que se les había pedido sin demora.

—Podéis quitaros los disfraces. Aquí ya no os hacen falta.

Dan había colocado la mochila en el suelo. Tenía ganas de sacarse el bigote y la barba de chivo de la cara y de meterlos en la mochila. Echó un vistazo a su reloj mientras guardaba las cosas. «¡Lo hemos conseguido! —pensó—. No nos han sobrado muchos minutos, ¡pero lo hemos conseguido!»

El pelo de Amy cayó sobre sus hombros cuando se sacó la peluca negra y la metió en la mochila.

—Eres una jovencita muy guapa —dijo la mujer de blanco—. Espero que Grace fuera lo suficientemente amable como para decírtelo mientras vivía.

—¿Conocías a Grace?

La mujer asintió, con los ojos rebosantes de secretos.

—Podríamos decir que nuestras familias se remontan a muchos años atrás. Nunca conocí a Grace personalmente, pero mi madre sí lo hizo. Eran dos mujeres excepcionales, mi madre y vuestra abuela. Las mujeres excepcionales tienen un don para encontrarse las unas a las otras.

«Espero que esta mujer excepcional no nos mate», pensó Dan.

Amy parecía no querer guardarse nada. Sus mejillas se sonrojaron y la muchacha preguntó:

—¿Eres la gran duquesa Anastasia?

Justo después de que Amy pronunciase estas palabras, NRR soltó una carcajada.

Una luz iluminó su escritorio y ella retomó su pose más seria.

—Tendréis que disculparme un momento —dijo—. Sé que es un mal momento, pero me temo que no puedo evitarlo.

Giró su silla, colocándose de espaldas a Amy y a Dan, y abrió las puertas de un aparador que escondía un conjunto de monitores. Uno de ellos recibía una imagen de la habitación de los frescos en la que Amy y Dan acababan de estar.

—¿Seríais tan amables de esconderos detrás del escritorio? Tengo una llamada de una persona que se sorprendería bastante si descubriese que estáis aquí.

La situación se volvía cada vez más extraña, pero Amy y Dan sentían que no tenían otra elección, así que no lo dudaron dos veces y se escondieron detrás del escritorio. Unos segundos más tarde, se oyó en la habitación una voz familiar.

—Hola, Nataliya Ruslanovna Radova. Estás tan estupenda como siempre.

—Eres muy amable, Irina Nikolaievna Spaskaya. ¿Qué necesitas?

Dan no podía creer lo que estaba escuchando. Irina Spasky estaba al teléfono con NRR. Todos los músculos de su cuerpo se tensaron, pues obviamente, ahora sí que estaban atrapados.

—Necesito que envíes un equipo a la cámara. Están sucediendo muchas cosas y quiero asegurarme de que está bien vigilada.

—Qué extraño que me llames. Ian Kabra hizo la misma solicitud hace cuestión de una hora. Ya estamos preparando el círculo negro.

—Excelente. ¿Te ha contado que está en Siberia, persiguiendo a los Holt por la Carretera de los Huesos? Se ha metido en un buen lío.

—Su padre no estaba muy contento, como podrás imaginarte.

—Tal vez Vikram vuelva a entrar en razón y los mande de nuevo a la escuela, que es donde deben estar.

—¿Quieres que lleve el Tiburón hasta ahí para recogerte? —preguntó Nataliya.

—Excelente idea. Yo también he encontrado algunas complicaciones, pero creo que podré llegar a la cámara antes de que oscurezca. Envíame el Tiburón, yo lo traeré de vuelta. Podremos tomar esa taza de té que llevas tiempo prometiéndome.

—Ten cuidado.

—Yo siempre tengo cuidado.

Hubo una pausa en la sala. Después Nataliya anunció a Amy y a Dan que podían salir de su escondite.

—Nunca había visto a Irina tan... no sé... comunicativa —dijo Amy.

—Somos amigas desde hace muchísimo tiempo —dijo la mujer de blanco, colocando los codos sobre el escritorio—. Yo la comprendo, así que ella habla conmigo.

—Tengo una duda que me gustaría aclarar —dijo Dan—. ¿Eres tú NRR?

La mujer de blanco sonrió elegantemente sin mostrar los dientes.

—Imagino que pensabas que sería un hombre.

—Eh... bueno... no exactamente —dijo Dan—. Está bien, sí, esperaba encontrarme con un tipo.

Nataliya se rió y movió la cabeza.

—Soy NRR. Siento desilusionarte.

Dan trató de disculparse, pero la mujer de blanco levantó la mano con tanta autoridad que lo hizo callar inmediatamente.

—Aún tenemos algo de tiempo para más preguntas, pero la llamada de Irina cambia un poco las cosas. Vuestro acceso a la cámara se complica cada vez más.

—No lo entiendo —dijo Amy, que sonaba frustrada y tal vez algo enfadada también—. ¿Eres una Lucian o no? ¿Por qué nos estás ayudando? ¿Quién eres?

Nataliya suspiró profundamente, entrecruzó los dedos de las manos y trató de dar una explicación.

—No soy la gran duquesa Anastasia, pero aun así debo agradecerte el cumplido. La verdad es que no vas del todo desencaminada. Anastasia Nikolaievna Romanova era mi madre.

—¿Tu madre? —preguntó Dan, asombrado por lo que acababa de oír—. ¿Eres la hija de Anastasia? ¡Qué locura!

—Su única hija, sí.

—¿Y ella conocía a Grace Cahill? —preguntó Amy—. ¿Esperas que nos creamos que nuestra abuela conoció a la gran duquesa Anastasia?

—Por supuesto que sí. La verdad es que fueron grandes amigas. Estoy segura de que ya conocéis los rumores sobre la historia de mi madre. Son todos ciertos. Ella no murió con el resto de su familia, sino que consiguió escapar. Como decía antes, las mujeres excepcionales tienen un don para encontrarse las unas a las otras.

La admiración había dejado muda a Amy, pero a Dan no le importaba llenar el vacío.

—¡Así que todo lo que nos hemos imaginado ha sucedido de verdad! ¡Rasputín debía de conocer unas buenas técnicas ninja para desafiar a la muerte y, claro, se las había pasado a Anastasia!

—¿Siempre habla así? —preguntó NRR a Amy, que encontraba gracioso a Dan.

—Siempre. Tiene un problema.

—Se le pasará cuando crezca.

Dan miró a una y luego a la otra, repetidamente. ¡Habían formado una especie de alianza de chicas!

—¡Estoy sentado aquí mismo! ¡Dejad de hablar de mí! —exclamó Dan.

NRR hizo un gesto tranquilizador con las manos, echó un vistazo a su reloj y miró a Amy y a Dan haciéndoles entender que les quedaba poco tiempo.

—Tú también eres una gran duquesa, como tu madre —dijo Amy—. La gran duquesa Nataliya.

Dan frunció el ceño. Parecía que Amy estaba a punto de hacerle una reverencia.

—Me temo que esos días quedaron en el pasado, Amy. Nosotros no somos como los británicos, con sus reyes y reinas. Los tiempos de la realeza ya son agua pasada en Rusia. Sin embargo, lo que estoy haciendo yo hoy honra la memoria de mi madre.

—¿Cómo? —preguntó Dan—. Quieres ayudarnos a descubrir este secreto porque... —No iba a dejar que esa mujer lo engañase sólo porque era guapa y tenía un acento genial. ¿O es que James Bond no le había enseñado nada?

—Lo que voy a deciros ahora no puede salir de esta habitación, pues mi vida y la de otras personas están en juego. ¿Me entendéis?

Amy y Dan asintieron.

—Mi madre, mi abuela... bueno, todos ellos eran Lucian. Yo misma soy una Lucian también. Aunque, al igual que muchas otras personas nacidas en una rama u otra, mi familia nunca se ha inmiscuido de forma activa en... ¿cómo lo llamaba Grace? La caza de pistas. De hecho, pasó mucho tiempo hasta que mi madre fue consciente de su herencia Lucian. Después vino mi padre, a quien mi madre conoció mucho más tarde en su vida. Él fue uno de los Lucian más poderosos de los últimos cincuenta años. Antes de los Kabra, era mi padre quien estaba al mando. Si yo me encuentro en esta posición ahora es gracias a él. Como veis, soy una Lucian, y estoy en lo alto de la jerarquía, además. Sin embargo, en primer lugar y ante todo, yo soy yo misma.

Nataliya se sacó un oscuro mechón de pelo de la cara. Era muy elegante y desenvuelta, pero había heredado aquel estilo pícaro de Anastasia del que Amy tanto había hablado.

—¿Por qué nos estás ayudando? —insistió Dan, que seguía sin comprender qué tenía que ver con ellos la historia de Nataliya. ¿Por qué iba a preocuparse por dos niños una heredera al trono de los Romanov?

Nataliya volvió a mirar el reloj de oro de su muñeca y después apretó un botón en el teléfono de su escritorio.

—Irina ha solicitado refuerzos. Preparad el Tiburón para salir en quince minutos.

Nataliya volvió a mirar a Amy.

—Tenía varias razones para haceros pasar por todo esto antes de enseñaros la cámara —explicó Nataliya—. En primer lugar, quería distraer y confundir a mis homólogos Lucian. Los Kabra se encuentran a miles de kilómetros en Siberia, e Irina se ha sentido frustrada la mayor parte del tiempo. Misión cumplida. La segunda razón era descubrir de qué pasta estáis hechos. Si os paráis a pensarlo, esto ha sido una especie de test desde el principio. En seguida entendisteis que vosotros solos no conseguiríais encontrar la cámara. Nunca habría imaginado que alguien podría controlar a los Holt, pero vosotros lo hicisteis. Es muy importante que aprendáis a cooperar con otros para alcanzar el bienestar común.

—Entonces hemos sido más astutos que los Lucian y por lo tanto hemos pasado la prueba —resumió Amy—. Aun así, sigo sin entender por qué estás ayudándonos.

—O si realmente nos estás ayudando —murmuró Dan, pues entre todo lo que Nataliya había dicho hasta el momento, no había una sola cosa que lo convenciese de que su peligrosa aventura por Rusia acabaría en una pista.

—Os guiaré hasta lo que estáis buscando —respondió Nataliya, con una mirada elocuente—. Tanto en esta ridícula competición como en todo lo demás.

A Dan se le hizo un nudo en la garganta.

—Te refieres a nuestros padres, ¿verdad?

Nataliya golpeaba su escritorio con el dedo índice. No movía ni un músculo, era como si el noventa y nueve por ciento de su cuerpo se hubiese convertido en piedra, dejando sólo el dedo. *Tap, tap, tap.*

Finalmente, después de que Dan se crujiese los nudillos de las dos manos, Nataliya comenzó a hablar.

—Existe un tipo de información que, cuando la encuentras, te cambia para el resto de tu vida. Desearías poder volver atrás, pero no puedes, y aun así sigues persiguiendo secretos. Yo nunca quise tener nada que ver con esta locura de las pistas, pero aquí me tenéis. —Se detuvo—. La Cámara de Ámbar está escondida en un sótano de secretos Lucian. Allí encontraréis la pista Lucian y cierta información sobre vuestros padres.

Nataliya movió la cabeza.

—A Grace le gustaba mucho mover hilos. Lo hace incluso ahora, desde la tumba. Os aconsejo que os alejéis de todo esto, pero si no lo hacéis, podréis contar con mi ayuda. Sin embargo, he de advertiros que tal vez no querréis darme las gracias más adelante.

Nataliya miró a Amy; después fijó sus hipnotizadores ojos sobre Dan.

—Os ayudo porque eso es lo que Anastasia Romanova habría querido. Os ayudo porque es lo correcto. Aun así, no estoy segura de que lo que encontraréis os vaya a gustar.

Amy estaba llorando abiertamente y Dan sintió que se le llenaban los ojos de lágrimas. Era demasiado, una ayuda que no era ayuda, un aliado que les asistía con puzles y les servía pistas desagradables sobre sus padres y Grace. Dan sentía la tierra temblando bajo sus pies, otra vez. No había lugar seguro para ellos y no podían fiarse de nadie. Ni siquiera había un hogar al que regresar.

El muchacho miró a su hermana y los dos asintieron.

—Queremos ir a la Cámara de Ámbar —dijo Amy.

Nataliya inclinó la cabeza hacia ellos, se levantó y cogió su largo abrigo blanco.

—Tendremos que apresurarnos —dijo ella—. No será fácil si Irina llega allí antes que vosotros.

La mujer abrió un cajón de su escritorio y sacó una cajita de latón. De su interior retiró dos pequeñas llaves y las colocó en un bolsillo de su abrigo blanco.

—¿Sabéis dónde fueron masacrados mis ancestros?

—En Ekaterimburgo —dijo Amy—. En una casa.

—Justo en el mismo lugar donde ahora se encuentra la Iglesia sobre la Sangre Derramada. Un nombre terrible, pero en realidad, aunque sea triste, es muy apropiado. La iglesia se construyó mucho después, pero debajo de ésta... Fue ahí exactamente, en el sótano, donde todos fueron asesinados. Sólo mi madre consiguió sobrevivir.

—¿Y vas a llevarnos en esa cosa que llamas el Tiburón? —preguntó Dan, que por primera vez se sentía animado.

Nataliya caminó hasta la puerta, la abrió y echó un vistazo al largo y oscuro pasillo.

—Llegaremos más rápido con el Tiburón. Vámonos.

Dan y Amy siguieron a Nataliya por el vestíbulo hasta entrar en el ascensor. Dan se había imaginado una especie de nave submarina de alta velocidad, así que se sorprendió al ver que el elevador subía en lugar de bajar. Se abrió en la azotea del Palacio Estatal del Kremlin.

—Hemos llegado —anunció Nataliya.

—¿Eso es el Tiburón? —preguntó Amy, pero Dan ya estaba corriendo hacia él.

—Es el helicóptero más rápido de Rusia, llega a los quinientos kilómetros por hora.

El tamaño del Tiburón era el doble de grande que el de un helicóptero normal; era completamente negro y tenía un timón que recordaba a la aleta de un tiburón.

—¡Imposible! —exclamó Dan—. ¿Quinientos kilómetros por hora? Eso es... ¡un récord mundial!

—Muchos récords mundiales de este tipo se han superado ya —sonrió Nataliya—. Nosotros, los Lucian, nos reservamos los mejores juguetitos.

Dan comenzó a correr rodeando el Tiburón. Lleno de curiosidad, trató de abrir una de las puertas.

—Se excita fácilmente, ¿no? —preguntó Nataliya.

—No lo sabes tú bien —respondió Amy.

Nataliya rodeó con el brazo a Amy y, juntas, comenzaron a caminar hasta el helicóptero.

—Eres una muchacha muy prometedora, Grace debía de estar orgullosa de ti.

Los ojos de Amy estaban llenos de lágrimas, pero su rostro lucía una enorme sonrisa.

—Ahora debéis partir —anunció Nataliya.

—¿Qué? No lo entiendo —protestó Amy—. ¿No vas a venir con nosotros?

—No puedo.

—Pero... ¿por qué no? ¿Pretendes que nosotros manejemos este aparato? ¡No somos pilotos!

—Yo lo dirigiré por control remoto. Llegaréis allí sanos y salvos, pero yo no puedo ir con vosotros.

—¡Increíble! —gritó Dan, saltando y correteando alrededor de ellas—. ¡Será como en el mejor videojuego del mundo!

—¡No lo entiendo! —protestó Amy.

—Si yo pudiera, también me habría unido a la caza de las pistas, pero habéis leído sobre mi tío y conocéis los problemas que tenía.

Amy asintió. Alexei Romanov padecía de hemofilia. El más pequeño corte lo haría sangrar durante semanas.

—Yo sufro el mismo destino —explicó Nataliya. Metió una mano en su bolsillo blanco y Dan imaginó una mancha roja floreciendo en medio del inmaculado abrigo.

—Una rodilla o un codo rascado, una nariz que sangra o el más pequeño corte... Cuando empiezo a sangrar, es imposible detenerlo. Incluso con todos los avances médicos, es demasiado peligroso para mí. —Nataliya le entregó las llaves y Amy las cogió, asintiendo tristemente.

—Estaré en constante comunicación —prometió Nataliya, sonriente—. Poneos los cascos y preparaos para el viaje de vuestras vidas.

Había llegado la hora de penetrar el círculo negro de los Lucian.

CAPÍTULO 14

Los movimientos del Tiburón hacían que Amy gritase aterrorizada. Dan asumía que eran gritos de euforia.

—¡Verás cuando se lo cuente a Hamilton! ¡Esto es insuperable!

El Tiburón hacía un ruido ensordecedor cuando iba a la máxima velocidad y Nataliya lo estaba forzando a ir lo más de prisa posible desde su despacho bajo el Kremlin.

—Me encanta conducir el Tiburón —dijo Nataliya a través de los auriculares de Amy.

—¡Pero tú no lo estás conduciendo realmente! —gritó Amy, tratando de hacerse oír sobre el ruido de la hélice. Volar en un helicóptero sin piloto era una sensación terrorífica.

—No hace falta que grites, te oigo perfectamente —respondió Nataliya—. En el lugar en el que estoy es como si estuviese conduciendo el Tiburón. Mi sala de control del Tiburón es bastante impresionante. Es una réplica hasta el más mínimo detalle, incluyendo el cuero de los asientos. Hay monitores por todas partes a mi alrededor: delante, detrás, arriba, abajo... parece que estuviera conduciendo el Tiburón ahí mismo, y eso es lo que siento yo también. Lo único que falta es el viento y el ruido.

—Pues tienes suerte —dijo Amy—. No es nada agradable estar aquí, hay mucho ruido y asusta.

—No tienes por qué tener miedo, Amy. No hay nada que temer, el Tiburón sabe quién manda aquí.

—¡¿Qué pasa, hermana?! —gritó Dan, saltando arriba y abajo en su asiento—. ¡Nada de vomitar en el Tiburón si no quieres que te tiremos por la borda!

—Cierra los ojos —dijo Nataliya. Amy obedeció y trató de calmarse mientras Nataliya le hablaba suavemente, intentando tranquilizarla.

—No suelo abandonar el centro de vigilancia Lucian y a veces me siento atrapada bajo tierra, pero conducir el Tiburón me hace sentir que he escapado de mi jaula. Yo nunca he estado en el lugar al que os dirigís ahora, pero he oído hablar de él. Ahí es donde mis ancestros fueron fusilados en un momento agitado de la historia. Me temo que lo que vais a encontrar allí no va a ser demasiado bonito.

Nataliya permaneció en silencio, dejando que sus palabras se asentasen mientras Amy se concentraba para no vomitar.

—He leído toda la historia de la Cámara de Ámbar —dijo Amy—. ¿Puedes creer que ha estado escondida aquí en Rusia durante todo este tiempo? La están buscando muchísimas personas.

—Es que los Lucian somos muy buenos escondiendo cosas. Y ahora acabamos de poner un círculo negro alrededor de la Iglesia sobre la Sangre Derramada.

—¿Qué es un círculo negro?

—Quiere decir que ningún Lucian puede atravesarlo, sólo aquellos que tengan permiso expreso de Vikram Kabra.

—¿Cómo sabremos qué buscar? —preguntó Amy.

—Hay un solo reloj en toda la habitación. Cambia la hora a

la medianoche, luego a la una y después vuelve a la medianoche. Entonces la esfera del dispositivo se abre.

—Creo que podré acordarme de eso.

—Eres una niña muy inteligente, estoy segura de que podrás.

El resto del viaje lo pasaron en silencio, mientras observaban la puesta de sol en el cielo occidental. Cuanto más se acercaba al horizonte, más rápido conducía Nataliya el Tiburón hasta la Iglesia sobre la Sangre Derramada. El ruido en la cabina de mando era casi ensordecedor, pues al gran helicóptero le costaba mantener una velocidad constante de unos quinientos kilómetros por hora.

La iglesia estaba situada sobre una pequeña colina cubierta de hierba en una zona tranquila de la ciudad. A aquellas horas, había poca gente caminando por las calles y menos coches aún. Nataliya les anunció que, dado que llegaban tan tarde, iba a tener que aterrizar justo delante de la iglesia y que eso supondría todo un espectáculo, pero que, al menos, no habría demasiadas personas para presenciarlo.

—Es posible que lleguemos demasiado tarde —dijo la mujer por el micrófono—. En el suelo, a vuestros pies, hay una trampilla. Meteos los dos ahí dentro y escondeos. ¡Rápido!

Estaban sobrevolando la iglesia y descendieron hacia el aparcamiento vacío. La oscuridad no dejaba de aumentar.

—Tendréis que entrar en el templo por la puerta de atrás, usando la llave dorada. Una vez dentro, buscad el rastro de ámbar en el suelo. La llave naranja os mostrará siete diales. Colocadlos todos en ámbar, alternando diamantes y corazones. Esto abrirá la última puerta y ya estaréis dentro. No os alarméis al ver lo que hay allí, pues como os he dicho, primero tenéis que atravesar la tumba. Más allá, encontraréis la Cámara de Ámbar.

Dan y Amy no hicieron ningún comentario sobre lo que acababan de oír. Nataliya sólo podía estar refiriéndose a una tumba: el lugar de descanso de los seis Romanov ejecutados. La guía de viaje de Amy decía que habían sido trasladados a la Catedral de San Pedro y San Pablo, en San Petersburgo, pero los Lucian eran poderosos, especialmente en Rusia. Probablemente habían decidido honrar su muerte en un lugar más privado.

—¿Ves a Irina por algún lado? —preguntó Dan.

—Los monitores no muestran nada —respondió Nataliya.

—¡Estamos entrando en la trampilla! —gritó el muchacho.

—Encontraréis una linterna que podréis usar —añadió ella—, pero no la encendáis hasta que estéis bajo la iglesia. Alguien podría veros. Ahí abajo también hay un monitor. Encendedlo y veréis el aparcamiento. Buscad el momento adecuado para escapar. ¡Buena suerte!

No se oyó nada más aparte del ruido del enorme helicóptero negro, que ahora estaba descendiendo.

La noche había caído en la Iglesia sobre la Sangre Derramada.

—Establece un perímetro de medio kilómetro, Braslov —ordenó Nataliya, que había llamado a Braslov, un técnico de vigilancia que trabajaba tres puertas más allá de su despacho, en la fortaleza Lucian—. He viajado a bastante velocidad y acabo de aterrizar en el aparcamiento de la iglesia.

—Lo he notado —respondió Braslov—. Ya he hecho las llamadas.

Nataliya estaba tan inmersa en las imágenes de la Iglesia sobre la Sangre Derramada que no podía evitar sentir que estaba sentada en el Tiburón y no en la segura fortaleza Lucian.

—Irina te vio y se puso en contacto conmigo hace algunos minutos —continuó Braslov—. El área es segura.

—Gracias, Braslov.

—Estás en el punto Lucian más caliente de la tierra. No te quemes.

Se vieron las luces de un coche de policía acercándose, ya desde antes de la advertencia de Braslov. Un segundo coche entró en escena. Los Lucian controlaban todos los niveles de seguridad en Rusia. Los agentes de la policía se sentaban con frecuencia alrededor de una gran mesa en la fortaleza Lucian, dando razones para proteger ciertas áreas impidiendo el acceso a las mismas. Las más efectivas solían ser las alertas de riesgo de vertidos tóxicos, que mantenían a la gente lejos de cualquier área. Se utilizaban con frecuencia en situaciones de círculo negro. Habían sido aún más cuidadosos de lo normal con el caso de la Iglesia sobre la Sangre Derramada, que acababan de designar zona radiactiva. Los coches de policía eran un refuerzo, sólo en caso de que alguien fuese lo suficientemente curioso como para querer echar un vistazo más de cerca a un helicóptero gigante.

Nataliya movió sus cámaras alrededor del aparcamiento y vio la oscura figura de Irina saliendo de entre unos árboles. Caminaba llena de confianza, con las manos en los bolsillos de su abrigo. Dominaba la situación. Minutos después, la ex espía ya estaba frente a la puerta de la cabina, con la mirada fija en la oscuridad del interior del Tiburón.

—¿No podías haber aterrizado en un lugar algo menos llamativo? —preguntó Irina—. Este tipo de evento no hace más que complicarnos las cosas.

Cualquier otra persona habría pensado que Irina hablaba consigo misma, pero Nataliya escuchó el mensaje alto y claro.

—Te pido disculpas, Irina, pero pensaba que lo importante era llegar aquí cuanto antes. Nunca había puesto el Tiburón a tanta velocidad como esta vez.

—Es una bestia adorable, ¿no crees? No veo la hora de conducirlo de nuevo.

Nataliya observó a Irina examinando el interior del Tiburón y centrándose después en la iglesia, nuevamente.

—¿Por qué te preocupan tanto dos niñatos estadounidenses? —preguntó Nataliya—. No parecen una amenaza tan grande. He estado observándolos desde el principio, igual que al resto de los equipos, y no creo que tengan nada de especial. Están en gran desventaja.

—No los subestimes —respondió Irina—. Ya me la han jugado en varias ocasiones.

Irina se volvió de nuevo hacia el Tiburón.

—Déjame echar un vistazo dentro. Hace varios meses que no lo conduzco.

Nataliya conocía demasiado a fondo el funcionamiento de los sentidos de Irina. El más mínimo fallo por parte de los niños podía conducirlos a un desastre. Presionó un botón blanco y la puerta de la cabina se desbloqueó. Después vio cómo Irina abría la puerta.

—No pierdas de vista esas cámaras tuyas, ¿de acuerdo? —sugirió Irina.

—Por supuesto.

Nataliya seleccionó la cámara interior y observó cómo Irina estudiaba el interior del Tiburón buscando algo que pudiera levantar sus sospechas. Todo parecía estar en orden, así que siguió hacia el fondo y examinó los asientos. Tampoco allí encontró nada.

—Espero no haber roto nada —dijo Nataliya—. La verdad es que ha viajado a tanta velocidad...

Sin previo aviso, Irina desapareció de su vista. Nataliya movió la cámara interior de un lado a otro y luego hacia el suelo, donde encontró a Irina levantando la trampilla. El corazón le latía con fuerza. «No hay nada que hacer. ¡Los ha descubierto!»

Sin embargo, no pasó nada. Irina cerró la trampilla y salió del Tiburón sin mediar palabra.

—Voy a entrar. Tú vigila el exterior.

Nataliya respiró aliviada. Al menos no había descubierto a los niños. Asumió que habían aprovechado el poquito tiempo que habían tenido para escapar y entrar en la iglesia sin que nadie los viese. Aun así, no estaban a salvo.

Irina Spasky también estaba a punto de entrar con ellos en la Iglesia sobre la Sangre Derramada.

CAPÍTULO 15

Dan frotaba su dolorido hombro mientras caminaban a trompicones dentro de la iglesia.

—¿Todavía te duele? —susurró Amy.

—No más de lo que le dolería a cualquier tipo que cayera de un helicóptero y fuera aplastado por su hermana mayor. Bueno, al menos no he caído de cabeza.

—Sí, yo también me alegro de que la mía siga en su sitio. La próxima vez, piénsatelo dos veces antes de apretar el botón rojo.

—¡Pero si nos ha sacado de allí! —protestó Dan.

Dos segundos después de cerrar la trampilla del Tiburón, Dan pulsó un botón brillante y rojo que abrió la compuerta de salida hacia el suelo, haciéndolos caer sobre el asfalto antes de que Irina pudiese verlos.

—Mira, vayamos a buscar la Cámara de Ámbar y salgamos de aquí lo antes posible —sugirió Amy—. No queremos más encuentros cara a cara con Irina.

—¿Ves alguna cosa que parezca ámbar? —preguntó Dan. Había pequeñas luces por aquí y por allá y todos los colores del interior de la iglesia parecían derretirse en el suelo de mármol blanco.

—Miremos por allí —sugirió Amy, que comenzó a caminar por el pasillo central que separaba los bancos.

Pasearse por una iglesia en medio de la noche era algo espeluznante, especialmente en una situada encima de una tumba, y Amy sentía escalofríos sólo de pensar en lo que podría saltar de entre las sombras. A Dan le pareció que los bancos de la iglesia eran como hileras de dientes negros.

El suelo estaba gastado y lleno de grietas en la parte frontal del templo. Como iba mirando hacia abajo, Dan fue el primero en encontrar lo que estaban buscando.

—Cuadrados de ámbar.

Unas baldosas de color naranja quemado comenzaron a aparecer cada pocos metros en medio del mármol.

—Parece un rastro de sangre —dijo Dan.

Siguieron las baldosas de ámbar alrededor del altar y bajaron una escalera de piedra. Una ráfaga de aire frío acarició la mejilla de Dan cuando abrió la puerta que encontró frente al último peldaño, tras la que se escondía un oscuro pasadizo.

El vestíbulo subterráneo seguía por un pasillo de unos seis metros en línea recta y luego giraba para perderse en la penumbra. Caminaron con cuidado de no hacer ningún ruido, hasta llegar a un cruce en forma de T. Ahora las paredes eran de bloques de cemento y Dan tuvo el presentimiento de que estaban a punto de entrar en el área restringida.

—Creo que deberíamos seguir por aquí —sugirió Amy, señalando a la izquierda. Al final del largo pasillo, una luz opaca alumbraba una puerta naranja provista de enormes bisagras que la unían a la pared de cemento. Parecía más propia de un banco que de una iglesia—. ¿Por qué estoy tan n-n-nerviosa? —dijo la joven. La llave naranja temblaba en su mano.

—No sé, tal vez sea porque estamos a punto de entrar en una tumba en medio de la noche en un lugar llamado la Iglesia sobre la Sangre Derramada.

—Así no me ayudas.

—Dame la llave, yo la abriré.

Dan colocó la llave en una cerradura a la izquierda de la puerta del sótano y la giró. Se abrió un panel que reveló un conjunto de diales. Los cuatro símbolos de la baraja de póquer aparecían aleatoriamente y Dan se apresuró a colocar los diamantes y corazones en el orden adecuado. La puerta se abrió.

—Allá vamos —dijo Amy, que respiraba profundamente mientras Dan empujaba la pesada puerta hasta que el hueco fue lo suficientemente grande para ambos. El aire era frío y húmedo, parecía que estuviesen caminando sobre tierra.

La estancia estaba muy oscura y Dan no pudo encontrar ningún interruptor en la pared. Encendió la única linterna que tenían.

—¿No deberíamos cerrar la puerta después de entrar? —preguntó Amy.

—Mejor no. ¿Y si luego no podemos salir? No quiero que descubran nuestros huesos aquí dentro de diez años. —A Dan se le pasaron por la mente varias imágenes de la cueva de Korea.

Varias telarañas colgaban del bajo techo por toda la estancia hasta llegar a la amplia escalera. Cuando llegaron al final de la misma, Amy perdió el control:

—Dan, c-c-creo que yo-yo-yo...

El muchacho agarró la mano de su hermana y señaló la luz de la tumba, que se colaba por cada oscuro rincón. Era una sala enorme, y estaba llena de ataúdes viejos y polvorientos. En la pared del fondo, en la esquina más oscura de la tumba, estaba la última puerta.

—Este lugar es horrible —dijo Amy—. Aquí fusilaron a varias personas. Las mataron a sangre fría.

Instintivamente, la joven se dirigió hacia la puerta por la que acababan de entrar, pero Dan no se movió.

—Amy, hemos llegado hasta aquí. ¿Y si nos lleva hasta algo relacionado con papá y mamá? Dame la mano y cierra los ojos si crees que eso puede ayudarte. Yo me encargo de llegar hasta allí. Confía en mí.

Dan le mostró una sonrisa asimétrica, como si lo tuviera todo bajo control, aunque sus ojos estaban tan nerviosos como los de Amy.

—Vamos, Amy. Un examen de historia sí que da miedo, pero esto es pan comido.

Para variar, la muchacha dejó que su hermano la guiase y siguió sus instrucciones sin rechistar. Cerró los ojos y echó a correr entre los ataúdes llenos de huesos quebradizos. Dan mantuvo la luz de la linterna enfocada hacia la puerta hasta que se las arregló para encontrar su camino en el laberinto de la muerte.

—Sujeta la luz —dijo Dan. No quería soltar la mano de su hermana, pero necesitaba girar el pomo de la puerta. Amy levantó la mano y palpó a su alrededor buscando la linterna, con los ojos totalmente sellados.

—No abras los ojos aún —dijo él, pero Amy no hizo caso. A hurtadillas, abrió un ojo y vio que su hermano había abierto la tapa de uno de los ataúdes.

—¡Estás loco! ¡Cierra eso ahora mismo!

—Tranquila, no hay más que huesos ahí dentro.

Dan cerró la caja y caminó hasta la puerta.

—Puedes apagar la linterna —dijo Dan—. No la necesitaremos aquí dentro.

El muchacho entró en la cámara y se encontró rodeado de una suave luz dorada. Cerró la puerta tras de sí y Amy apagó la linterna. Era imposible averiguar de dónde venía la luz de la sala, parecía proceder de todas partes, como si hubiera mil velas escondidas en las paredes.

—La Cámara de Ámbar —susurró Amy maravillada—. Lo hemos conseguido, Dan. ¡Estamos dentro!

El techo se había abierto sobre sus cabezas a unos cuatro metros de altura. Cada parte de la habitación era del color de la miel quemada y resplandecía con la deslumbrante luz que atravesaba las paredes.

—¿De dónde viene la luz? —preguntó Dan—. No tengo ni idea.

Amy se había acercado a una de las paredes, y estaba pasando los dedos por los intrincados diseños. Había paneles y paneles de ámbar naranja brillante, cuidadosamente tallado. Probablemente, habían empleado varios años para lograr una artesanía tan espectacular. Era como las pirámides de Egipto o la cúpula de la Capilla Sixtina en Roma. Y allí estaban Amy y Dan, envueltos por la luz dorada de sus paredes.

—Ahí está —dijo Amy. Había encontrado una mesa hecha completamente de ámbar, sobre la cual había un reloj de oro decorado de forma extravagante. Dan atravesó el centro de la sala, pasando por delante de una enorme escultura con pedestal de un hombre a caballo y un montón de siniestros archivadores negros.

Se encontraban en una habitación en la que casi nadie había estado desde antes de la segunda guerra mundial. Los habían mandado de un lugar a otro por toda Rusia, pero habían resistido. Para el resto del mundo, aquél era un tesoro incalculable que se había perdido para siempre hacía ya mucho tiempo. El corazón de Dan latía lleno de orgullo mientras observaba a su hermana.

—Tenemos que poner la hora a las doce, a medianoche —recordó Amy—. Después a la una y luego a las doce otra vez.

Dan se acercó un poco más al reloj y comenzó a palparlo buscando una manilla que le permitiese cambiar la hora.

—La tengo —dijo él, haciéndola girar hasta que el reloj marcó la medianoche.

—Ahora sigue hasta la una —dijo Amy.

Dan volvió a mover la manilla y luego volvió a las doce. La esfera del reloj se abrió girando sobre una única bisagra de oro.

En el interior, Dan encontró una pepita de ámbar con las palabras *1 gramo ámbar derretido* inscritas.

—La pista ha estado delante de nuestras narices todo este tiempo —dijo Amy, maravillada ante la pepita que tenía sobre la mano.

—Odio que me pasen estas cosas —dijo Dan, que, a pesar de todo, sonreía a su hermana. Ahora ya tenían cinco pistas y estaban cinco pasos más cerca de reclamar lo que Grace llamaba el destino Cahill. Sin embargo, la pista no era lo único que habían ido a buscar.

Los dos hermanos se volvieron hacia la hilera de archivadores negros, una siniestra ausencia de color que contrastaba con el suave brillo del ámbar.

—¿Por dónde buscamos? —preguntó Dan—. ¿Cahill? ¿Trent? ¿Hope y Arthur?

—Todos. Empieza por ese lado, yo iré por el otro. Date prisa.

Dan abrió el primer cajón y comenzó a hojear las gruesas carpetas. *Misión Angola. Arkangelsk. Asesinatos.* Aquellas ordenadas etiquetas revelaban una gran cantidad de secretos Lucian.

—¡Dan! —gritó Amy; el muchacho levantó la vista y vio que su hermana sujetaba una delgada carpeta. Su rostro reflejaba miedo.

—¿Mamá y papá? —preguntó.

—No —susurró ella—. Los Madrigal.

Amy abrió el archivo y levantó varios papeles sueltos que había en su interior. Hojeó una serie de notas cortas escritas en ruso. Por la parte de atrás, las cartas habían sido traducidas y transcritas a bolígrafo.

Leyó la primera en voz alta:

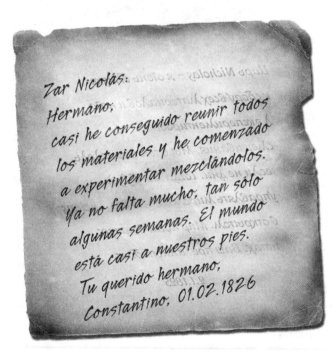

Zar Nicolás:

Hermano,

casi he conseguido reunir todos los materiales y he comenzado a experimentar mezclándolos. Ya no falta mucho, tan sólo algunas semanas. El mundo está casi a nuestros pies.

Tu querido hermano,

Constantino, 01.02.1826

—Dan, esto es muy raro —dijo Amy—. Yo he leído sobre estos dos. Constantino renunció a su derecho al trono para dejar que su hermano Nicolás se convirtiese en el zar de Rusia. Sin embargo, esto parece indicar que lo hizo con un propósito, para poder reunir todas las pistas.

—¿Quiere eso decir que los Lucian tienen ya todas las pistas? —El rostro de Dan reflejaba su ansiedad—. Lee la siguiente.

Amy separó el folio amarillento y leyó las palabras de la siguiente carta:

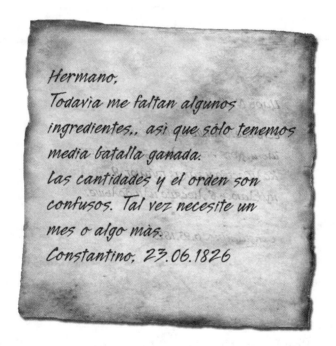

Hermano,
Todavía me faltan algunos
ingredientes., así que sólo tenemos
media batalla ganada.
Las cantidades y el orden son
confusos. Tal vez necesite un
mes o algo más.
Constantino, 23.06.1826

—¿Y si en realidad sí que las tienen todas? —preguntó Dan.

No estaba seguro de querer saber qué decía la última carta. Si los Lucian realmente habían ganado, entonces todo lo que él y Amy habían estado haciendo no servía de nada. Ya habían perdido.

—Oh, no —dijo Amy, que estaba revisando la última nota.

—Las tienen, ¿no? Los Lucian ya nos han vencido.

Amy miró a su hermano y después, con voz temblorosa, le leyó la última nota:

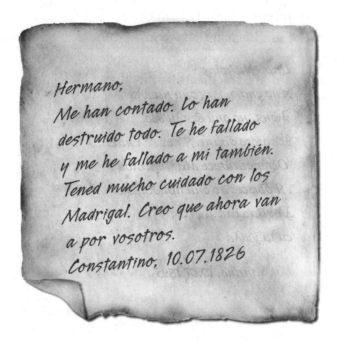

Hermano,
Me han contado. Lo han destruido todo. Te he fallado y me he fallado a mi también. Tened mucho cuidado con los Madrigal. Creo que ahora van a por vosotros.
Constantino, 10.07.1826

Un pesado silencio cayó sobre la habitación.

—¡Los Madrigal son más poderosos que los Lucian! ¡Es posible que fueran ellos quienes mataron a la familia real!

Amy asintió y después susurró lo que los dos hermanos tenían en mente:

—Y el Hombre de Negro es un Madrigal.

—Salgamos de aquí —dijo Dan.

—¡Espera! —exclamó Amy—. ¡Tal vez haya algo sobre mamá y papá! —Los niños corrieron de nuevo hacia los archivadores y comenzaron a registrarlos frenéticamente hasta que Dan lo encontró: era una delgada carpeta marrón etiquetada con las palabras CAHILL, HOPE Y TRENT, ARTHUR. El corazón le dio un vuelco.

Amy se volvió hacia él.

—¡Dan! ¿Qué es eso?

Con dedos temblorosos, abrieron la carpeta los dos juntos. Dentro había dos pasaportes australianos con el sello CONFISCADO sobre ellos. Amy abrió uno.

—No puede ser —dijo Dan, arrimándose para verlo más de cerca. Amy abrió el segundo.

—Son ellos —confirmó la joven, observando las dos fotografías. Los nombres eran falsos, pero las caras les eran insoportablemente familiares.

—Mamá y papá —dijo Dan— estuvieron aquí.

Amy hojeó las páginas de los pasaportes, que estaban atestadas de sellos de diferentes países: Egipto, Sudáfrica, Nepal, Japón, Indonesia, Francia.

—Estaban buscando las pistas, igual que nosotros.

—Sólo que ellos nunca terminaron —añadió él.

El mundo que Dan conocía acababa de encoger, y se centraba en dos caras que lo miraban fijamente. Su madre y su padre, una pareja joven y llena de esperanzas que iba a comerse el mundo, tal y como estaban haciendo ahora su hermana y él. Pero fallaron en su intento.

Varias lágrimas comenzaron a descender por las mejillas de Amy.

—Es como si hubiesen vuelto para ayudarnos. Casi parece que nos estuviesen observando.

—No son los únicos que os están observando.

Irina Spasky entró por la puerta del sótano.

—¿Qué habéis hecho?

La voz de Irina era fiel al horror que ella misma sentía. ¿Cómo podían haber sido tan estúpidos esos niños? De todos los lugares del mundo en los que se podrían haber colado, un círculo negro de los Lucian era el más peligroso. Sólo había una ínfima posibilidad de...

Avanzó hacia ellos lentamente, cruzando la habitación como un gato negro, hasta que los tuvo acorralados.

—Decidme qué habéis encontrado. ¡Ya!

—Nada aún. Todavía estamos buscando —respondió Dan en un intento patético, ya que Irina podía ver claramente que tenía un brazo escondido a la espalda y que estaba intentando meterse algo en el bolsillo de atrás.

Irina inspeccionó la habitación, con mucho cuidado, tratando de mantenerlos acorralados.

—Veo que habéis sacado algo de esta carpeta —dijo ella, que acababa de encontrar el papel amarillento en el suelo—. Y habéis abierto la esfera del reloj. Sois muy listos. ¡Demasiado listos! Alguien os ha estado ayudando. ¡Decidme quién!

—No hemos encontrado nada importante —dijo Amy—. Sólo unos viejos papeles.

—¡Dádmelos inmediatamente! ¡Vuestras vidas están en peligro!

Irina miró hacia la puerta. «Quedan pocos minutos, y eso en el mejor de los casos», pensó ella. Pero se equivocaba.

—A partir de ahora nosotros nos encargaremos de ellos.

Irina dio media vuelta. Dos hombres bloqueaban la entrada a la cámara. Los dos tenían la cara cubierta con una especie de tela negra. Simultáneamente, separaron las solapas de sus chaquetas grises, revelando el escudo Lucian rodeado por un círculo negro.

—¡Tenemos autorización del señor Kabra! —gritó uno de ellos, manteniendo su posición en la puerta de entrada—. ¿Cuál es su autorización?

—Yo he creado el círculo negro —respondió ella—. Mi autorización está por encima de todas.

Los hombres se miraron mutuamente, evaluando la situación. Irina Spasky los miraba fijamente, pues sabía para qué habían ido allí. Ahora no tenía opción, tendría que matar a los niños Cahill, o esos hombres lo harían en su lugar y la matarían a ella también.

—Estaba a punto de poner fin a esta situación —dijo Irina—. Cubran la puerta.

Los dos agentes se volvieron hacia las sombras, pero la ex espía aún podía sentir su presencia.

Ella no sabía que iban a llegar hasta este punto. «Dos minutos más y podría haber negociado con ellos y recuperado los secretos. Los habría sacado de aquí sanos y salvos.» Se acercó y se llevó un brazo a la espalda, echando mano a la daga que allí guardaba.

La joven parecía sentir la frialdad de lo que se aproximaba. Se colocó frente a su hermano, protegiéndolo.

—Te daremos lo que nos pidas —ofreció ella—. Déjanos marchar, por favor.

—Es demasiado tarde —dijo Irina—. Ya lo he intentado.

«Cuando se pierde un hijo, se pierde el alma.»

La daga estaba fría como el hielo.

Se oyó un ruido seco por detrás de ellos. Irina se volvió y vio unas sombras que cojeaban en una de las paredes de la tumba.

—¡Detrás de vosotros! —exclamó Irina.

Uno de los agentes gritó. Irina sintió una intensa oleada de esperanza y gritó a los niños:

—¡No os mováis de ahí!

Se agachó como un gato y atravesó la puerta. Varias voces y sombras rebotaban contra las paredes, haciendo eco en su cerebro. Al principio no estuvo muy segura, pero después...

—¿Tú? —dijo ella, jadeante. Sus ojos se clavaron en la enjuta figura de un hombre vestido completamente de negro que embestía a los agentes Lucian con el extremo redondeado de un poste metálico.

Dan y Amy no perdieron ni un segundo. En cuanto Irina estuvo inmersa en la oscuridad, más allá de la puerta, los dos hermanos siguieron detrás de ella, penetrando en la negra estancia. Hubo cuchilladas y gritos y el ruido de alguien que cayó al suelo. Amy y Dan, con los ojos como platos, consiguieron distinguir la figura de un hombre de negro que estaba en pleno forcejeo con Irina Spasky.

Dan se arrastró sigilosamente hacia el primer ataúd, levantó la tapa haciendo el menor ruido posible y se deslizó en su interior. Amy tenía sus dudas, pero Dan la tenía agarrada de la mano y no la soltó, así que la muchacha se metió en la caja y él volvió a cerrar la tapa. Escucharon cómo los combatientes chocaban contra las paredes y proferían gritos de dolor. Uno de ellos cayó justo sobre el mismo ataúd en el que se escondían los dos jóvenes.

—¡Han escapado! —gritó uno de los agentes Lucian.

—¿Ah sí? —susurró Dan.

—¡Ya los veo! —gritó una profunda voz que no habían oído antes; seguidamente, se oyeron los pasos de alguien que corría desde la tumba hasta la iglesia.

—Ése tenía que ser el Hombre de Negro —susurró Amy—. ¿Está ayudándonos?

—Imposible —murmuró Dan. Se quedaron callados hasta que hubo silencio; después, el joven levantó la tapa ligeramente y echó un vistazo en la oscuridad.

Se habían ido todos.

Con mucho cuidado, Dan bajó la tapa y él y su hermana se quedaron esperando, en completo silencio, en el interior de un ataúd, acompañados por los nobles huesos de un miembro de la realeza.

CAPÍTULO 16

Dos horas más tarde, Amy y Dan recibieron una llamada en el interior del ataúd. El teléfono de Nella comenzó a vibrar en el bolsillo de Amy, que se despertó de su ensimismamiento del susto. Dan se había quedado dormido, y la luz verde y brillante del teléfono que Amy sostenía frente a sus ojos no parecía molestarle.

Llamada no identificada. Perfecto.

Decidió arriesgarse a susurrar.

—¿Diga?

No tenían muy buena cobertura allí abajo, y Amy tuvo que concentrarse para poder entender la apenas perceptible voz, constantemente interrumpida por las interferencias. Lo único que la muchacha pudo distinguir fue la expresión «a salvo», entendiendo por ello que no había moros en la costa. Era la voz de una mujer, así que probablemente fuese Nataliya, «o Irina tratando de engañarnos para que salgamos». Decidió ignorar ese pensamiento.

Amy dio a su hermano un codazo y éste refunfuñó y se acurrucó aún más. Los huesos que tenían debajo sonaron huecos y secos.

—Acaban de llamarnos. Alguien ha dicho que ya podemos salir, que no hay peligro.

—No hace falta que lo digas dos veces —dijo el muchacho, empujando la tapa del ataúd, sin que fuesen necesarias más palabras de ánimo.

Los dos niños observaron a su alrededor en medio de la oscuridad. Ahora las dos puertas estaban cerradas y ya no había ninguna luz.

—Allá va —dijo Amy.

La joven encendió la linterna y el brillo de la luz los cegó a los dos. Amy movió la lámpara e iluminó la estancia de pared a pared y de ataúd a ataúd hasta que fijó la luz sobre la puerta que daba al exterior de la tumba, a la escalera de la iglesia.

Salieron lo más rápido posible aunque, para el horror de Amy, pudo oír el ruido de varios huesos partiéndose bajo su peso.

—Seguro que sólo son costillas —dijo Dan—. En realidad no es que las estén usando para nada. ¿Quién ha llamado?

—No estoy segura, pero creo que era Nataliya.

Llegaron a la puerta. Esta vez no tenía ningún dial con los símbolos de la baraja de póquer. Sólo tuvieron que empujarla y se abrió, dejándolos libres.

A la mañana siguiente, acomodados en un hotel de Ekaterimburgo y con Nella de camino, Dan hizo una llamada telefónica.

—No estarás conduciendo ningún camión ahora, ¿verdad? —preguntó a Hamilton Holt.

—Aún no, pero el día es joven.

—Tengo tu pista. ¿Estás preparado?

—Llevo dos días preparado. Cuéntame.

—Un gramo de ámbar derretido.

—Vaya, qué asco. ¿Quién es Ámbar?

Dan soltó una risotada. Podía imaginar a Hamilton Holt riéndose también al otro lado de la línea.

Eisenhower le arrancó el teléfono de las manos y gritó a través de él.

—¡No creo que eso signifique nada! ¡No queremos más alianzas! Siberia era un timo y vosotros lo sabéis. ¡Nos habéis utilizado!

—Muy bien, señor Holt, lo que usted diga. Seguimos en la competición.

—¡Seguimos adelante! —confirmó Amy.

SI QUIERES DESCUBRIR EL CÓDIGO SECRETO PARA
DESCIFRAR EL MENSAJE QUE SE ESCONDE ENTRE LAS
PÁGINAS DEL LIBRO...

www.the39clues.es

No te pierdas ningún título de la serie:

PRÓXIMAMENTE

¿Quieres ser el primero en encontrar las 39 pistas?

Entra en

www.the39clues.es

¡y participa en una emocionante aventura interactiva!

✓ Crearás tu propio personaje, con su correspondiente AVATAR.
✓ Encontrarás emocionantes MISIONES con pruebas
   que deberás superar para descubrir nuevas pistas.
✓ Podrás jugar solo o establecer alianzas CON TUS AMIGOS
   y crear equipos.
✓ Participarás en divertidos CONCURSOS que te permitirán
   ganar fantásticos PREMIOS.

LEE JUEGA GANA
LOS LIBROS ONLINE PREMIOS

Sólo si participas en la aventura online
podrás ser el primero en descubrir
el misterio de la familia Cahill.